張曼娟
·唐詩學堂·

邊邊

張曼娟——策劃
孫梓評——撰寫
蘇力卡——繪圖

十年一瞬間——學堂系列新版總序

張曼娟

常常在演講的時候，遇見一些年輕的讀者，他們從容自在的聆聽，意會的頷首，耐心等待著我為他們的書簽名，而後，像是要傾訴一個祕密那樣的靠近我，微笑著對我說：「曼娟老師，我是讀著【○○學堂】長大的。」【奇幻學堂】、【成語學堂】或是【唐詩學堂】就這樣被說出來，說的時候，帶著對於童年與成長的溫柔依戀。

啊！這一批孩子們已經長大了啊，他們看起來，都是很好的成年人了。也許不是念文學相關科系的，可是，他們一直保持著對於文字的敏感度，對於人情世故的理解。

「老師什麼時候要為我們這些小孩子寫書呢？」到現在，我依然能聽見最

初提出這個請求的那個女孩，對我說話的聲音。

而我確實是呼應了她的願望，開始創作並企劃一個又一個學堂系列。

以【奇幻學堂】為起點，我和幾位優秀的創作者：張維中、孫梓評、高培耘與黃羿瓅反覆的開會討論著，除了將古代經典的寶庫傳承給孩子，更想與他們一同走在成長的路上，不管是喜悅或失落；不管是相聚與離別，都是生命的課題，都那麼貴重，應該要被了解著、陪伴著，成為孩子心靈中恆常的暖色調。

這樣的發想和作品，獲得了許多家長、老師的認同，更令我們感到欣喜莫名的是，孩子們的真心喜愛。於是，接著而來的【成語學堂Ⅰ】、【成語學堂Ⅱ】和【唐詩學堂】也都獲得了熱烈回響。

十年之後，那個最初提議的女孩，化成許多個大孩子與小孩子，來到我的面前，與我微笑相認。讓我們知道，當初不只是古典新詮，更是探討孩子成長中各種情境的系列作品，有著這樣深刻的意義。

也是在演講的時候，常有家長詢問：「我的孩子考數學，演算題全對，但是一到應用題就完蛋了，他根本看不懂題目呀。到底該怎麼辦？」這是發生在許多成績優秀的孩子身上的悲劇。

「中文力」不僅能提升國語文程度，而是提升一切學科的基礎，這已經是陳腔濫調了。中文力，不僅是閱讀力，還有理解力與表達力。能不能看懂考題，在考試時拿高分，固然重要。然而，更大的隱憂卻是，應付考試，得到高分的歲月，只占了短短幾年，孩子們未來長長的人生，假若沒有足夠的理解與表達能力，他們將如何面對社會激烈的競爭？如何與他人建立良好的人際關係？這樣的擔憂與期望，才是我們十年來投入許多心血與時間，為孩子創作的初衷。

我們感知到孩子無邊無際的想像力，在成長中不斷消失，於是創作了【奇幻學堂】；察覺到孩子對成語的無感，只是機械式的運用，於是創作了【成語學堂】；發現到孩子對於美感和情感的領受，變得浮誇而淺薄，於是

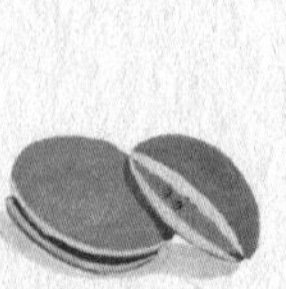

創作了【唐詩學堂】。

十年，彷彿只在一瞬之間，許多孩子長大了，許多孩子正在成長，我們仍在創作的路上，以珍愛的心情，成為孩子最知心的陪伴。

目次

第三章

序

創作緣起

荒島的錦囊

張曼娟

「如果有一天，漂流到一座荒島，你有一個袋子，裡面只能裝三本書。那你要帶哪三本呢？」幾個小學生環坐我身邊，十分認真的問問題，十分認真的抄筆記，他們臉上那股太過認真的神情，讓我忍不住想胡鬧。

於是我問：「我會不會獲救呢？」

啊！幾個孩子面面相覷，有的說「會」，有的說「不會」，意見相當分歧。

我只好趕快拉回主題，像他們一樣認真的回答問題：「我想，我會帶一本形音義字典。」

「為什麼帶字典呢？」

「因為我可以慢慢的認識每一個中文字，它們為什麼長得這個樣子？為什麼是這個意思？為什麼要讀成這個音？每個中文字都是一個故事，或是一幅圖畫，我們平時太忙了，沒時間好好了解。如果到了荒島，每天認識一個字，想像一

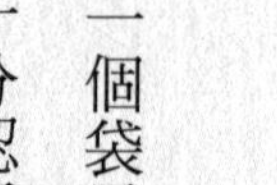

個字的故事和身世，就不會無聊了啊。」

「第二本呢？」

「我會帶一本唐詩選，也許是《唐詩三百首》，也許是更有趣的詩選。如果是短短的絕句，一天就能讀完，如果是長一點的律詩，能讀個兩、三天呢。只要讀一首唐詩，就能把我送到完全不同的另一個地方。我會忘記了自己在荒島，忘記了生活多無聊。」

「那，第三本呢？」

「第三本是《荒島求生手冊》啦！」我說著，大笑起來。孩子們也笑了。

是的，在漂流到荒島的小小錦囊中，我一定要帶上一本唐詩選。那是我幼年時，啟蒙的最初讀物。當我還不識字的時候，母親一字一句教我背誦，許多意思我其實根本不理解。奇妙的是，每當背誦完一首詩，看待世界的眼光竟起了變化——黑夜裡被月光照亮的山，有著那樣柔美的輪廓；春天裡被風吹散的桃花，有著那樣優美的弧度；湖水在陽光下閃動，像許多隱藏著祕密的眼睛——我感覺到一種莫名的感動或感傷，緩緩在心中膨脹起來。多年以後才明白，這

就是美感的體驗啊。

二〇〇五年，我成立了【張曼娟小學堂】，堅持將「讀詩」納入課程中，為的也就是要帶給孩子美感的啟發。他們用一首詩扣問人世，整個世界以龐大的聲音、氣味、色彩、光影來回應。於是，孩子被觸動了，他想要理解、詮釋、表達、創作，用著詩人的眼睛與心靈。

自二〇〇六年開始，與親子天下展開了一系列合作，從【張曼娟奇幻學堂】、【張曼娟成語學堂I】到【張曼娟成語學堂II】，非常幸運的是，我們擁有最優秀的創作與發行團隊，不斷尋找新的模式及創意，每一本書的呈現都如此亮眼動人。更幸運的是，這一系列的作品，獲得許多肯定與認同，家長、老師和孩子們，真心喜歡這些好聽的故事。每一次的好成績，都使我們得到極大的鼓舞，一定要為孩子寫出嶄新的好故事，並且，還能把古老的經典融合其間。我想，這也是最大的艱難與挑戰。

這一次，我們挑選的主題是盛唐詩人及著名詩作，如何能與全新故事結合？相當有經驗的四位寫作者，用整整一年的時間，共同完成了【張曼娟唐詩學堂】。

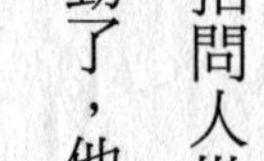

高培耘的《詩無敵》，寫的是李白與小男孩小光的宿世情緣；張維中的《讓我們看雲去》，則是未來世界的雲仔遇見了王維；孫梓評的《邊邊》中，胖胖的英雄勇闖大漠，風沙中邂逅了岑參、高適與許多邊塞詩人；黃羿瓅的《麻煩小姐》則以懸疑的題材，重現杜甫的光焰萬丈長。

就這樣，算是完整勾勒出盛唐詩歌的版圖。浪漫派的李白、社會寫實派的杜甫、自然田園派的王維、孟浩然，以及邊塞詩人與詩作特有的豪氣干雲。

古典詩並不只是苦苦背誦的教材而已；並不只是《唐詩三百首》中排列的人名與五言、七言而已，經過四位作家令人驚喜的想像、高度的創作技巧，每一首詩都有體溫，每一位詩人仍那樣熱切的抒情。

而漸漸長大的孩子，終會發現，哪怕從不出海，人生也會有某些「荒島時刻」，感覺自己被放逐，那樣孤單無助。這時候，他們也許會想起隨身攜帶的錦囊，小小的錦囊中有微微發亮的詩，當他輕輕誦讀，便聽見了鳥語，嗅聞到花香，整個世界露出溫柔的微笑。

謹序於二〇一〇年　又見白露　臺北城

人物介紹

高英雄

因為老媽熱愛「英」倫搖滾，老爸認為做人要飲水思源，別忘記自己是高「雄」出生的，於是，他就擁有了這個很囧的名字：英雄。長得白白胖胖，天生樂觀善良。口頭禪是「好倒楣」，偏愛的美食族繁不及備載，但是一定有「銅鑼燒」。因為容易流汗，最痛恨上體育課，偏偏轉學到一間師生都熱愛踢足球的國中。這天，一顆足球敲中他的腦袋。英雄就此展開一場別開生面的時空旅程……

高達夫

英雄的父親。一個在報社工作二十年後，突然被裁員的高階主管。擁有一手好文筆，卻總感嘆自己生不逢時。客觀來說，他既偏執又愛發牢騷，在他眼中，到處都是勢利鬼、討厭鬼，其實別人根本就覺得他「人緣很差」。被裁員後，他異想天開，帶著家人到花蓮打造一間全新的民宿，還立志要寫一本前所未有的長篇小說，把他所看見的臺灣怪現狀都盡付紙上……

何愛倫

英雄的母親。原本是一位美麗的空姐，和高達夫結婚後，辭去工作，專心扮演母親的角色。然而，她卻是一位和傳統大相逕庭的媽媽。如果要把她熱愛的事物排名，不管怎麼排，高居前兩位的永遠是「旅行」和「搖滾樂」。因此，她善用搖滾樂為人生做比喻，喜歡拉著英雄一起看音樂影片。只要有機會出國旅行，就會忘記她是別人的老媽跟老婆。

李一波

高達夫的好朋友，呃，老實說，也是他唯一的朋友。英雄總喚他李叔叔或一波叔叔。由於家中經濟狀況優裕，雖然是留學英國的高材生，卻不需要過著朝九晚五的上班族生活，反而總是浪遊四海，是英雄的母親非常羨慕的對象。在高達夫被裁員後，他伸出援手，幫忙讓民宿開張；在英雄的生活中，也適時的扮演重要角色。

小木

「全唐朝最善良的男孩」，既孝順又是美型男，不但善於烹飪，還懂得騎馬，英雄完全相形失色。為了要找雪蓮花給爺爺治病，一個人勇敢的前往天山，在天山巧遇英雄後，將英雄救回家。隨著戰爭爆發，小木展現了他的智謀，並因為諸多事件，和英雄之間發展出真摯的情誼。

花姑

一個神祕的女子，在交河城經營一間小客舍，有著極好的口碑，更收容戰爭中流離失所的孤兒，相倚相賴，讓客舍的生意蒸蒸日上。

花爺爺

唐朝的神祕詩人，原可能位居高官，卻因為仕途不順利，以及「白髮人送黑髮人」的哀淒，決定隱居在邊疆，帶著孫子小木一起生活。他曾經與諸多詩人交遊，擁有深厚的情感，因此，當戰爭爆發，李白因故入獄，他也格外焦急，展開救援大行動……

方方

在花姑所開設的客舍裡工作的小男孩，聰明伶俐。父母親在戰火中過世，他卻自力更生，不被人生的險境擊敗。

蝦帥

因為很「瞎」又很帥，但不喜歡被人家說他「瞎」，所以取諧音，稱為「蝦帥」。是英雄轉學後的同班同學，最大的嗜好是背地圖。

第一章

花蓮民宿：老媽和我，當然還有老爸

莫愁前路無知己，天下誰人不識君

英雄，在下是也。

偏偏，我實在不怎麼像個「英雄」……

真倒楣。

據說我出生的時候，大夥兒抱著還是小嬰兒的我，老爸昂聲對眾人宣布：做人不能忘本，既然家裡姓高，又是在高雄出生的，不如就叫做「高雄」吧？

沒想到，這個提案馬上獲得老媽的反對。

老媽雖然還在做月子，腦筋可沒放假。她一向熱愛環遊世界，當初她當空姐的時候，可是很搶手的！誰也沒料到，她會嫁給老爸這個……書呆子。

我快出生之前，老媽挺著大肚子，身體裡想要旅行的欲望也達到了沸點，偏偏懷著我，哪裡都不能去。聽說那時候她因為很想去英國，就每天在家裡吃炸魚薯條，音樂只聽英倫搖滾，至於她最偏愛的孕婦裝，自然是那幾件畫了女皇像和英國國旗的長T恤。因此，當我「呱呱落地」，怎麼樣也不能放棄紀念那一段「美好歲月」。

「應該取名為，英倫。」老媽大概覺得我喝的奶水有大半都來自日不落國。

就這樣，夫妻倆在房間裡爭執不下。大夥兒都紛紛以「那……我還有事，先走了，小嬰兒真可愛啊！」為藉口離開以後，我也隨即因為在紙尿布上大便並且感到肚子餓，而號啕大哭了起來。

在我美妙的哭聲中，老媽退了一步，老爸也退了一步，但仍然「以妻為貴」。所以，先選了老媽念茲在茲的「英」，再用了老爸飲水思源的「雄」——我，從此便有了一個囧到爆的名字：高英雄。

英雄，在下是也。

偏偏，我實在不怎麼像個「英雄」。

可能老媽炸魚薯條吃得太多，我的營養一直超過標準值，從小就肥肥嫩嫩的。加上陪老媽看了太多搖滾樂團的ＭＶ，很早我就近視了，不曉得怎麼搞的，又特別容易跌倒。每次我跌倒，老師就會高聲大喊：「哪位英雄這麼容易跌倒？」這還算好的，要是我在家裡跌倒，老媽就會用巧克力哄我：「乖，吃點巧克力就不會痛了喔。」我一吃，果然不哭了，只是愈來愈胖……

老爸每天在報社裡工作，半夜才下班。每當有人問起他的工作時，他總是眉頭一皺，一副不知道該怎麼解釋的樣子。事實上我聽老媽說，因為紙的成本太貴了，報紙的張數能減則減，員工數量也能減則減，老爸已經被「邊緣化」了啦。

「什麼是邊緣化？」我邊吃著銅鑼燒，邊問。

老媽沒好氣的解釋：「如果以城市來形容的話，你老爸本來是倫敦，現在變成高雄，懂了吧？」

要是被老爸聽見了，肯定又要說老媽不夠「政治正確」了。他們每次都用我聽不懂的話吵架。

「從倫敦變高雄，至少機票錢省很多，應該不是壞事吧？」我本想這樣問老媽，但電視上出現了她最愛的樂團Coldplay，我就乖乖閉嘴了。我們一起看著主唱扮成超人的樣子去解救公主。我突然想到，如果電視上的超人是老爸扮的，然後公主由老媽來主演，這MV應該會很爆笑吧！

正當我一邊竊笑，一邊把最後一口銅鑼燒塞進嘴裡，平常不到深夜十二點不現身的老爸，突然打開了門，望著我和老媽——簡直像演連續劇那樣，一行眼淚從他的眼角流出來，看得我都忘了嚼銅鑼燒了。

還是老媽厲害，完全沒有被老爸嚇到，她從沙發上站起來，像平常那樣，倒了杯豆漿給他，「吃過飯了嗎？」

老爸看著老媽，「他們——他們把我裁掉了……」

老媽手上捧著的那杯豆漿，老爸始終沒有接過去，兩個人就那樣站著。我還搞不太清楚，「裁掉了」，就是電視上說的「裁員」嗎？

也就是，老爸沒工作了？

那……那我們家會變成怎樣？我還會有銅鑼燒可以吃嗎？別說我誇張，我腦中馬上浮現一間破落的舊屋，老媽穿著髒兮兮的衣服在洗米，老爸在外頭砍

柴，我則灰頭土臉的幫忙生火。

為了阻止自己再往下想，我默默含著嘴巴裡的銅鑼燒，退回了房間。

有些事情，還是讓超人和公主私下談一談比較好。

雖然我已經升上國中一年級，老媽仍然習慣在我睡前，到房裡擁抱我一下，跟我說聲晚安。根據她的說法：「外國人都是這樣。」

這一天，到了睡覺時間，我整個人在床上躺平，卻聽到外頭老媽和老爸窸窸窣窣說著話，我忍不住爬起來，像賊一樣趴在門口偷聽。

「莫愁前路無知己，天下誰人不識君。」老媽這樣對老爸說。

想不到老媽除了愛聽搖滾樂，還會說出這麼有學問的話。所謂「有學問」的意思，就是我其實聽不太懂。

老爸沉默著，沒有回答。我聽見他打開啤酒罐的聲音。

本來還想要再繼續竊聽他們的談話內容，卻聽見老媽說：「我去看看英雄睡了沒。」

所謂英雄，不就是在下我嗎？

我馬上咻的奔回床上，雖說是胖子，我還挺靈活的。

不知道為什麼，當我看見老媽像往常那樣走進來的時候，突然有點鼻酸。大概，我真的很擔心以後沒有銅鑼燒可吃吧。老媽坐在床邊，我鼓起勇氣問：「你剛跟老爸說的那個什麼不識君的，是布袋戲裡的人物嗎？」

老媽微笑摸著我的頭髮說：「那是唐朝詩人高適的詩。當時很有名的琴師董庭蘭與他曾經短暫的重逢，再度告別彼此的時候，高適寫了那兩句詩鼓勵他，告訴他別擔心，大家都賞識他的才華，總有一天會有出頭天的。」

原來，總愛跟老爸唱反調的老媽，試著用一句詩，鼓勵老爸。

「那個琴師，跟老爸一樣，也從倫敦變成高雄了嗎？」我本來還想這麼問，但馬上又想到，被「裁掉了」的老爸，恐怕連高雄都不是了。

連高雄都不是的老爸，會變成什麼？

如果超人不會飛，公主是不是會反過來拯救他？

【邊塞朗讀者】

〈別董大〉二首其二　高適

十里黃雲白日曛，北風吹雁雪紛紛。
莫愁前路無知己，天下誰人不識君。

【現代翻譯機】

下雪之前，日色昏暗，十里之間，黃雲布滿整片天空。北風吹來，雁鳥悲鳴，大雪終於紛紛飄落。朋友啊，別擔心此去的路途上，沒有人了解你。因為這個世界上，每個人都如此欣賞你的才華。

【英雄啟示錄】

其實，字是有顏色的。而顏色本身的使用，則可以反映出寫作者想要傳遞的情感是高興，或悲傷。本詩首句中，高適就使用了兩種顏色，「黃雲」和「白日曛」，有別於一般我們能想像的晴日白雲的風景，暗示出詩中所設定的「送別」場景。藉由這種「暮氣

沉沉」的開場，所展示的「低氣壓」，更能對比出後兩句贈給朋友的祝福是多麼誠摯、明亮、開朗。

功名萬里外，心事一杯中

地球上還有好多地方沒去過，也還有好多事情沒做過。

真倒楣。

自從老爸被「裁掉了」，家裡好像突然出現一個大型盆栽——他整個人就種在餐桌旁，不斷寫著不知道是什麼的東西。

我出門上學，看到他在寫；放學了，他仍然在寫。要吃晚餐了，老媽在廚房對我喊：「叫你爸把餐桌上的東西收一收。」老爸就自動抱起他的筆記型電腦，整株盆栽像長出腳般，走到沙發，再度種下去。

類似的症狀大約持續了一個月。

老媽大概覺得這樣下去，也不是辦法。畢竟家裡有個人形盆栽，她要聽搖滾樂不是很方便吧。為了配合老爸，她只好戴耳機。因此，儘管愛面子的老爸，要求她不可將消息外洩，這一天，一向雲遊四海的李叔叔卻上門了。

李一波叔叔是老爸極少數的好朋友。

嗯，老實說好了，大概就是，唯一的一個吧。

我從沒聽過老爸還有把誰稱作是他的「好朋友」，不外乎是「那個勢利鬼」、「那個討厭鬼」、「那個糊塗鬼」，難怪老媽總說老爸是「孤僻鬼」。

根據老媽的轉述，李叔叔別的沒有，就是有錢。他幾乎不需要工作，只是待在家裡投資股票，就足夠他衣食無缺，環遊世界……不過，我倒覺得李叔叔完全沒有「有錢人」的感覺，不光是他每次都像個流浪漢般出現，還有，更重要的，是他對待我的態度。

別看我是個胖子，我可也是心思相當敏銳的。一般大人面對我肥肥嫩嫩的外表，哪怕嘴巴不說，眼裡都會閃過一秒鐘「你，可惜了」的神情。只有李叔叔不同，他會緊緊抱住我說：「你這個小胖子，好久不見啦！」然而，眼睛裡說的話卻是：「嗯，其實胖胖的也不錯啊。」

每次李叔叔都會帶來超高級的銅鑼燒。說也奇怪，除了包裝精美，那銅鑼燒吃起來特別香，裡面包的紅豆餡甜而不膩，甚至誇張一點的說，還會散發出一股高雅的香氣呢！

感謝李叔叔的出現，老爸終於短暫擺脫他的盆栽生活，把頭從電腦螢幕前抬起來。我也開心的拿起了銅鑼燒來吃，邊聽著大人們的交談。老媽端來了煎茶和咖啡。

「以前年輕時，我說要離開高雄到臺北工作，找你去喝酒，」老爸邊拆開銅鑼燒，邊問李叔叔：「你送過我兩句話，還記得嗎？」

「記得。」李叔叔有點羞赧的說：「功名萬里外，心事一杯中。」

「那年，我們才二十七歲。」老爸嘆了口氣。

「二十年了。」李叔叔說：「以前多傻，像歌詞裡唱的，親愛的父母再會吧，鬥陣的朋友告辭啦，阮欲來去臺北打拚……」

「想不到你小時候也有聽林強喔？」老媽睜大了眼。

李叔叔尷尬的抓了抓頭，又對老爸說：「這些年，我跑了很多地方。剛剛說到的那兩句詩，我也曾心血來潮，查了一下，到底所謂『功名萬里外』，是要跑到多遠的地方？沒想到，真的滿遠的。在現在新疆的庫車縣。我去那裡看了大峽谷，很壯觀。」

老媽一臉羨慕的樣子，畢竟她也是熱愛環遊世界的人。有時，我都忍不住覺得老媽嫁錯人了，應該嫁給一波叔叔才對吧。這樣就可以兩個人結伴環遊世界了，不是挺好的？

「不過，那回我們應該不只心事『一杯』中，到底喝了幾杯呢？」老爸大口咬著銅鑼燒的樣子，看起來比我還像小孩。

「我記得那天，你整個喝醉了。」李叔叔笑著比出十根手指頭，「你差不多就是十罐啤酒的酒量。」

老爸難得露出了害羞的表情。

「我大概就是不夠會喝，所以老升不上去吧。報社裡跟長官喝酒，都是一大杯一大杯乾的。我真糗，喝沒幾杯，就整個人趴在桌上不省人事了……」老爸啜

了口茶，說：「升不上去也就算了，先是把我調來調去，叫我去做些不用大腦的事，最後乾脆叫我滾蛋。這就是一間待了二十年的報社，送給我的禮物。」

「達夫——」李叔叔喚了老爸的名字，「接下來有什麼打算？老婆、孩子總要吃飯。」

老婆，自然就是坐在旁邊喝咖啡的老媽啦。而孩子，也就是英雄在下我。

「我正試著把這二十年來看到的大大小小荒唐事，寫成一本小說。」老爸說。

原來，他每天抱著電腦，就是在寫這個啊。

「然後呢？」李叔叔不死心追問。

「是有幾個想法，但還沒有具體的計劃。」老爸說。

老媽在旁邊裝作不在意的樣子，慢條斯理的把大家吃完的銅鑼燒外層包裝，對摺再對摺。又打開，又對摺。完全沒有意義的動作。

一時間每個人都安靜了，大家都在等老爸宣布他的想法。

「我想……去花蓮開間民宿。」

我忍不住「蛤」了一聲，我以為，這個提案，馬上會獲得老媽的反對，比方

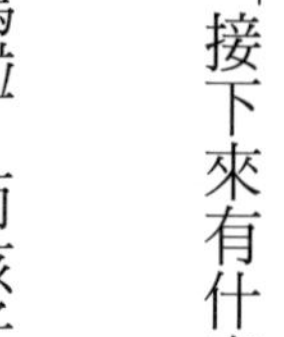

說她會站起來，瞪大了眼，「開民宿有那麼簡單嗎？臺北的房子怎麼辦？還有，英雄上課的問題呢？」

而老媽，只是暫停了一秒鐘手上的動作，旋即又開始對摺包裝紙。

「剛好這兩天有一筆錢會匯回來，」李叔叔笑著說：「也讓我參與投資吧！」

「一波——」看得出來，老爸很感動。他伸手按住了李叔叔的肩膀，那大概就是「謝謝」的意思。

「四十七歲還很年輕哩。」李叔叔說：「地球上還有好多地方沒去過，也還有好多事情沒做過。」

老媽淡淡一笑，收起銅鑼燒包裝紙、端起桌上的空咖啡杯，「還有人要續杯嗎？」

我……我不用續杯，我只想問：老爸，真的要去花蓮開民宿？

【邊塞朗讀者】

〈送李侍御赴安西〉　高適

行子對飛蓬，金鞭指鐵驄。
功名萬里外，心事一杯中。
虜障燕支北，秦城太白東。
離魂莫惆悵，看取寶刀雄。

【現代翻譯機】

即將遠行的人，在滿天飄揚的飛蓬中，揚起金鞭，跨上披著鐵甲的馬兒。願你在萬里外的邊塞，揚名立功；此刻，就讓我們把心裡的話，隨著杯酒一飲而盡吧。我們將分別兩地，你在燕支山以北，阻斷敵軍的堡壘裡；我卻身處太白山之東的長安城。不要因為離別而惆悵啊，那把寶刀一定會大顯神威，就像你的才能會獲得重用。

【英雄啟示錄】

藉由「相近」事物的類比，可以使閱讀者加強理解作者想選用的意象。本詩前兩句用「行子」對「飛蓬」，展現出相似的漂泊感受；「金鞭」對「鐵驄」，則迅速暗示了戰事的存在。這便是透過類比，使閱讀者進入作品情境的破題手法，同時也暗中扣合題旨：送行的「我」和即將遠行的「你」，其實都是行子和飛蓬，離散人世間。

一驛過一驛，驛騎如星流

經過我實際的探訪，
花蓮的民宿大多有一種假異國風……

真倒楣。

我沒想過，老爸的人生原來跟我聯結得這麼緊密。

雖然，他被「裁掉了」之後，我擔心過以後沒銅鑼燒好吃，但萬萬沒想到，我居然還得因此搬家到花蓮！

上一次去，應該是我國小四年級的生日吧。老爸，老媽，還有我，一起到海洋公園度假。那時候，我們住在豪華的面海套房，老爸帶我搭雲霄飛車，結果他自己怕得要死。不是我在吹牛，那雲霄飛車好像蓋在天空上面，我真的有點擔心萬一車子衝出軌道，就會直接衝進大海裡。

雖然我很緊張，但是我堅持不叫。

我還記得那天老媽也特別高興，分我一邊耳機聽她最愛的樂團。喔，不是Coldplay，因為老媽的「最愛」大概有二十幾個吧，「誰說最愛只能有一個？每一個我都愛啊。」那天她聽的是一個日本樂團，團名太長了我怎麼也記不起來，後來我自己幫它用中文翻譯成「使變釦釦粒粒藍」。我還記得在飯店裡，我一時興起幫那個樂團設計的封面：一張全白紙上畫了七顆藍色釦子，像星星那樣發光，每一顆釦子都用虛線連接起來。老媽看完給了我一個「滿酷的喔」的微笑。

晚餐時，老爸帶我們到附近一間看起來很有鄉土感覺的餐廳吃龍蝦。雖然我們只有三個人，桌上卻點了滿滿的菜，大家都吃得很開心。隔天要回臺北的路上，我才知道，餐廳窗外那黑漆漆的一大片，全部都是海。

海，看起來，好藍、好大喔。

這就是我對於花蓮的全部記憶。

自從老爸表露了要到花蓮開民宿的「想法」，我原以為那好歹也是幾年後的事情。那時候想必我已經長高、變帥，成為真正的「英雄」，可以保護老爸和老媽。萬萬沒料到，老爸的行動力也是很驚人的。

他先在網路上蒐齊了資料，只不過單槍匹馬去了三趟，最後一趟找了老媽同行，就把地點選定了。他把臺北的房子賣掉，拿銀行裡儲蓄的一筆錢，加上李叔叔的投資，在花蓮美崙一帶買了棟別墅，外觀看起來是帶著一點設計感的建築物，但是裡面——老爸有他的長篇大論：「經過我實際的探訪，花蓮的民宿大多有一種假異國風，也就是喜歡在民房裡面弄個像蚊帳一樣的絲巾，掛幾塊色彩斑斕的布，就自稱是南洋風。再不然，就擺幾套厚重的家具，放了幾尊小天使和玫瑰裝飾的布燈，就號稱是歐洲風。結果一打開洗手間，馬上又淪為臺客風。最嚴重的就是，屋子裡總是有非常傳統的樓梯，完全跟裝潢不搭。」

有鑑於此，他又有了另一個冗長的結論：「所以，我們這個民宿啊，就是要強調一種放鬆的感覺。臺灣就是臺灣！不需要明明人在花蓮，還要假裝你在泰國、巴黎，或是峇里島。我們要儘可能提供寬敞、乾淨、舒適的住宿空間，在極簡的陳設當中注入一點生活的溫度。比方說，那個窗戶，就大片一點，外面

就看得到中央山脈嘛。那個被子，就簡單一點，不要弄得那麼複雜。那個早餐，不要規定人家用餐時間，是來玩，又不是來當兵的，還規定幾點用餐？」

我和老媽在一旁連連點頭稱是。老爸沒發現，其實我們一人一隻耳機，在聽老媽的另一個愛團Placebo。雖然那個英文我是有聽沒有懂，但是聽主唱唱捲舌音好像也滿過癮的。老爸還繼續發表他的政見：「當然，這個早餐我們要提供臺式和西式兩種讓客人選擇，因為我們的胃是國際化的。同時我也會買一部廂型車，來進行載客的服務。打掃的部分，我不是那麼在行，就交給媽媽來負責，但是不用擔心，如果英雄下課後不想念書，也可以幫忙端菜、掃地跟倒垃圾……」

雖然主唱正唱到激動的地方，老媽卻沒有錯過關鍵處：「高達夫，早餐和打掃都我來負責，那你到底要負責什麼？」

「呃，這個，我呢，一定會好好負責回覆客人的訂房e-mail，為他們設計花蓮的行程，讓他們當個兩天一夜的花蓮人！」

裝潢的工作，以飛快的速度完成了。一轉眼，老爸和老媽已經將家裡打包好，為我安排了轉學的事宜。糊里糊塗的，我就置身在老爸的車上了！

我們一家三口，正開著老爸的新車，前往花蓮。

後座塞著各種雜七雜八、來不及被搬家公司搬走的東西：我的電腦，兩天份的換洗衣物，還有上路前在便利商店買來的一大包零食和水。

陽光很好，非假日，車子開上了高速公路，轉了一個彎又轉了另一個彎，穿過一個山洞之後又是一個山洞。偶爾我大喊著要尿尿，老爸就找加油站，很快的我們就開上了蘇花公路。

不是我愛誇張，真的就像開賽車一樣刺激。彎來彎去的山路也就算了，最怕的是遇到前面有砂石車，它們龐大的身軀完全是怪獸的規格，卡在狹隘的馬路上，令後面的車子很難超越。常常，必須等到一段較平坦的路程，後頭的車子抓緊準確的時機，趁對面沒有來車，一鼓作氣的向前，超越它。直到下一次又被砂石車擋住，再一次想辦法超越。

老爸說，希望在太陽下山之前離開蘇花公路，比較安全。所以馬力全開，經過一個又一個的站牌：蘇澳、南澳、武塔、漢本、和平、清水、崇德。老媽忍不住笑說，我們簡直就像古時候的快馬加鞭，「一驛過一驛，驛騎如星流。」

「一意過一意？」我問。

「驛就像古代的郵局，或是讓騎馬的人歇息、換馬的地方；一個人騎著一匹快馬，就叫做騎。詩人岑參把驛騎比做流星，因為聽說唐朝政府官方規定，快馬一天要跑一百八十里，再快點則要求日行三百里，最頂級的馬是日馳五百里。」老媽邊解釋著，眼睛一亮，「說不定比高老爹這臺新車跑得還快喔！」

聽起來好像很厲害的樣子。不過，我其實沒有辦法想像那馬跑得到底有多快，只希望老爸快點開到花蓮。因為，我肚子餓了啦。

【邊塞朗讀者】

〈初過隴山途中，呈宇文判官〉　岑參

一驛過一驛，驛騎如星流。平明發咸陽，暮到隴山頭。

隴水不可聽，嗚咽令人愁。沙塵撲馬汗，霧露凝貂裘。

西來誰家子，自道新封侯。前月發安西，路上無停留。

都護猶未到，來時在西州。十日過沙磧，終朝風不休。
馬走碎石中，四蹄皆血流。萬里奉王事，一身無所求。
也知塞垣苦，豈為妻子謀？山口月欲出，先照關城樓。
溪流與松風，靜夜相颼飀。別家賴歸夢，山塞多離憂。
與子且攜手，不愁前路修。

【現代翻譯機】

經過一個又一個驛站，快馬如同流星一般；破曉時才從長安出發，此刻已經來到了隴山旁。不敢傾聽那河水的聲音，因為湍湍流去的，也彷彿我離鄉的憂愁。煙沙飛塵裏住了馬兒因為馳騁而發的大汗，霧氣和露氣也沾凝在我的皮裘之上。

由西方而來的是誰家的男兒？他說，自己最近剛剛立功封侯，前月從安西出發，一路奔波無歇，只因安西都護高仙芝尚未回到駐地，此刻猶在西州。他還說，十多天才走過沙漠，由早到晚，狂風吹個不停。馬兒只能走在碎石之中，馬蹄都因此磨破流血了。如此遠赴萬里之外，只為對國家盡忠，並沒有其他的奢求。邊塞環境的辛苦自

然是知道的，但他這麼做，也不是為妻兒謀圖什麼。

月亮從山的缺口冉冉升起，月光先一步照亮了關塞的城樓。溪流和松濤在靜夜中發出淒楚的聲響。飄零在外的人，只能倚賴返鄉的夢境支撐，山畔的邊塞之地，總是充滿離愁。讓我們彼此勉勵，只要能為國家盡一份心力，就不怕前面的路途坎坷。

【英雄啟示錄】

寫作時不可避免會觸及想像力的展現。有時，不只出動想像力，還必須使用「誇飾法」。就像「一驛過一驛，驛騎如星流」，可能是詩人對於快馬奔馳的想像，也可能是故意用誇張的修飾，來強調速度。又像「隴水不可聽，嗚咽令人愁」，河水當然不是真的會哭泣，但是透過擬人法再加上一點誇飾，離鄉者心中的愁悶，也就有了一個最好的借喻。

一生大笑能幾回，斗酒相逢須醉倒

我們是不是該感謝你被報社邊緣化？
今天就好好喝個痛快吧！

真倒楣。

以前要是突然想喝可樂，或是吃可樂果，從家裡打開門出發，走到便利商店不過兩分鐘。要是太閒，還可以再往前走一個路口，又多兩間不同的店家可以選擇。而現在，就算我走到滿身大汗，還是走不到。要知道，我可是個胖子耶，胖子怎能不流汗？

「你就是喝太多可樂才會胖。」老媽邊說，邊給我一抹甜笑，轉身從冰箱裡拿出被她稱為「天然甜」的煮沸放涼花蓮自來水。「英雄，trust me，連喝礦泉水都不用，你喝喝看，花蓮的水真的很甜！」

水明明就沒味道。我雖然是胖子，可不是笨蛋。

因此，我只好跨上老爸的單車，騎去比較靠近太平洋那邊的街角，買我最愛的可樂。便利商店在夜晚散發出無比親切的光芒，不是我誇張，跟家人帶給我的感覺好像喔。俗話說「有備無患」，我一次買兩瓶，下次要喝就可以少騎一趟。

回到家，才剛把車停好，我就發現李叔叔來了。

李叔叔真不是蓋的，雖然我們見面的場景已經從臺北換到了花蓮，客廳桌上卻仍舊擺著我眼熟的——銅、鑼、燒！為此，我絕對真心奉上「英雄式」的歡迎。也就是給他抱緊緊啦。

老爸這個人一得意，嘴角就忍不住笑。我看他此刻就是很得意自己打造了「民宿代表作」。他把他的「花蓮民宿之我見」一字不漏，複述給李叔叔聽完之後，就邀請這位從頭到尾都非常放任他的「合夥人」，一起來逛逛民宿。

首先，是我們置身的客廳。老爸為了區分客人和家人的動線，特地設計了兩邊開口。客人進來後，直接抵達一樓的接待處。第一眼看到可能會有點意外，因為所謂的接待處看起來根本就像書房：一張大大的書桌，幾把木頭椅子，兩片落地的書架擺滿了老爸所有的藏書。

「客人 check in 的時候，需要桌子填寫資料，晚上不想待在房間裡，也可以到這裡翻翻書，喝杯茶或咖啡。」老爸像導遊一樣親切的解釋著。

和書房隔著一扇玻璃拉門的，是我們的客廳，以及由院子連接過來的「家人使用出入口」。二樓，也用玻璃拉門隔開廚房和餐廳，幾張長寬不一的木頭桌椅，搭配著溫暖的燈光，客人和家人都可以在這裡用餐。

三樓和四樓，共有五間房間，老爸和老媽占去其中一間，另外四間規劃成客房。裡面有些小細節是老爸號稱的「巧思」，比方整片白色的牆上，用藍色的漆塗出海洋；或是在挑高的窗邊，掛著山脈造型的剪紙……整體風格偏向簡單俐落。

根據老媽的指控，老爸關心的重點總是和別人不太一樣。比方說他強調會為不同的客人準備適當的讀物和音樂，放在房間裡當作迎賓的心意。「但是，這對一般人來說，真的有吸引力嗎？」

老爸抓了抓頭，說不出話來。

其中一間房，老爸原本準備空下來給李叔叔，要是他隨時想來，就有落腳之處。因此，在設計的時候，全部採用李叔叔偏好的黑色系，裡面還掛了一幅他從前贈送給老爸的油畫。不過，李叔叔說：「我這幾年太少待在臺灣，特地空下一個空間太浪費，還是當成客房吧。我要是想來，會先上網跟你登記的。」

參觀完每一個房間，還沒介紹到的，當然就是英雄在下我位於五樓的小閣樓啦。本來聽說我每天得爬五層樓，馬上哭喪著臉表示反對。但老媽冷冷的說：「要是不趁這機會多運動運動，以後怎麼當樂團主唱？」

我還來不及反駁，那個Keane的主唱，還不是胖胖的？但一想到那樂團並沒有躋身老媽的二十幾個最愛，就閉嘴了。

事實上，當我第一眼看見這個小閣樓，就一見鍾情了啦。木頭地板，穩重的迎接著微胖的我，床鋪是接地式的，躺下來，剛好可以看見一面大天窗。天氣好的時候，一顆一顆的星星，好清楚啊。

李叔叔對於民宿內部，露出滿意的微笑。老爸說：「最後，不能免俗的，還是要帶你去看一下店家招牌……」

據說民宿的名字，老爸原本希望取為「邊緣化」，以資紀念他在報社被邊緣化的人生經驗；而老媽則希望取為「邊陲地帶」，別誤會，這可不是她的愛團名稱，而是她搞不懂，為何老爸一失業，她就得被迫搬到臺灣的邊陲？

就這樣，夫妻倆在房間裡爭執不下，最後依照「英雄模式」，各用彼此所想的其中一個字，就成了我們眼前所看到的、高高矗立著的兩個寫意的木雕字，在院子裡被一盞燈照著——「邊邊」。

李叔叔望著「邊邊」，笑個不停。

我們回到屋內，在二樓嶄新的餐桌上，老爸打開他珍藏的葡萄酒，對李叔叔說：「一波，一生大笑能幾回，斗酒相逢須醉倒。」

「沒錯！」李叔叔說：「回想起來，已經好久沒有這麼值得開心的事了。我們是不是該感謝你被報社邊緣化？今天就好好喝個痛快吧！」

他們喝酒，我喝我大費周章買回來的可樂，還是忍不住想：為何李叔叔看到「邊邊」時，笑個不停呢？我想，如果不是因為他覺得那聽起來太像「便便」，就是他真的很激賞吧。

【邊塞朗讀者】

〈涼州館中與諸判官夜集〉 岑參

彎彎月出掛城頭，城頭月出照涼州。
涼州七里十萬家，胡人半解彈琵琶。
琵琶一曲腸堪斷，風蕭蕭兮夜漫漫。
河西幕中多故人，故人別來三五春。
花門樓前見秋草，豈能貧賤相看老？
一生大笑能幾回，斗酒相逢須醉倒。

【現代翻譯機】

彎彎的月亮爬上了城牆，而當城牆上掛著月亮，夜晚的涼州也被照亮。涼州邊城南北七里，人口稠密；胡人們因為琵琶的種類所限，只能演奏半章樂曲。琵琶聲聽來如此哀淒，而空曠的邊塞風聲與夜晚同等漫長。過去我也曾駐守亦稱為河西的涼州，因此有很多老朋友在這兒；一晃眼大家也三、五年沒見了。時光飛逝，花門樓前又是秋天草黃的時節；歲月催人，我們總不能一輩子就這樣貧賤到老吧？但是，一輩子能像這樣放懷大笑的場合有多少呢？難得重逢，我們不如把酒乾了，不醉不歸！

【英雄啟示錄】

也許你曾經聽說，某些人的文字具有「音樂性」。其實，音樂性的發生有很多原因，藉由押韻或標點符號的使用，都可能會讓文字書寫本身富含節奏感。而寫作技巧中的「頂真法」也是讓音樂性加強的方式之一。這首詩裡的「彎彎月出掛城頭，城頭月出照涼州」，藉由「城頭」二字的頂真，不僅讓敘述者的口氣顯得綿長悠緩，更像鏡頭運鏡那樣，帶領著讀者的眼睛在「城頭」上稍做停頓，進行一次視覺的辨證。

五月天山雪，無花只有寒

一大片、一大片連延不斷的雪，
一種最白的白，鋪滿了遠遠近近的山脈。

真倒楣。

我一向不愛體育課，原因想必你們也知道的——胖子怕流汗。一動，我就滿身大汗，狼狽得要命。偏偏，我轉學到花蓮的這所中學，是以足球聞名的。因此，每到了體育課，講到什麼其他的球類運動，大家都興趣缺缺，一說要踢足球，同學們眼睛就亮了，尖叫聲比演唱會現場還瘋狂。

我想，我只對銅鑼燒有同等的熱情。喔，還有可樂。沒了。

但是人在江湖，怎麼好意思說：「你們慢慢玩，我在旁邊看就好。」

老師很快就為每個人分配好各自的角色。眼看著依照戰力等級，從球員、守門員、裁判員、替補球員，都一一安排妥當了，我還晾在一旁。終於，老師的眼神落在我身上，遲疑了兩、三秒，大概就像電動玩具快要壞掉之前的螢幕畫面，「嗯……高英雄，你……就當巡邊員好了。」

巡邊員？

「就是協助裁判員的角色啦。」旁邊的蝦帥看我呆頭呆腦，忍不住解釋，「每場比賽應委派兩名巡邊員，他們的職責就是，看看何時球出界成死球。還有啊，該由哪一隊踢角球、球門球或擲界外球……還要協助裁判員按照規則控制比賽。」

蝦帥之所以為蝦帥，就是因為他很「瞎」又很「帥」，但他嫌「瞎」不好聽，他比較偏愛「蝦」。他的另外一項長處就是很會背東西。如果有記憶力電視冠軍比賽，我一定會幫他報名。足球規則如數家珍也就算了，國文和歷史背得滾瓜爛熟也就算了，蝦帥閒來無事，甚至會打開Google上的電子地圖，按照當天的心情，挑一個城市，開始背城市街道圖。因此，雖然他臺北、高雄、屏東都沒去過，但是你如果有需要問路，找他就對了。

而我，巡邊員？該不會是中了老爸跟老媽的「邊邊」魔咒吧？

真是有夠倒楣的了。

五月花蓮的太陽，已經不算親切。我跟著大夥兒在球場上跑過來又跑過去，一心希望有一片樹蔭，或是飄來一朵好心的雲，把熱辣的陽光稍微遮去一點也好。於是我一邊跑，一邊聽著同學投入的吆喝聲，心神都專注在天空之上，好希望能發揮念力：變天吧，下雨吧，停止體育課吧……陽光使我的眼睛感到疲勞，幾乎就要閉上雙眼的剎那，我居然被球擊中了！

「砰」的一聲，球從我的左側擦過，我感覺到痛，整個人往地上傾倒。心裡正預期自己的半邊身體，將要再一次承受與球場草皮的相撞，而發生巨大的疼痛——奇怪的事發生了，我的身體，好像變成了空氣，雖然保留著人的形狀，但既不是固體，也不是液體，我就那樣輕飄飄的穿過了草皮，整個人往地心墜落。

雖然我不愛讀書，好歹也知道，地核的溫度將近五千度！我這樣墜落，不管是換算成音速或光速，總會掉到最滾燙的核心部分吧？如果我真的掉到那邊，我會被燙死嗎？我這麼肥，肯定會變成梅花豬肉鍋的。嗚。我都還沒有長高、變帥，難道英雄在下我，就要氣短了嗎？

我的胡思亂想還沒有進廣告，就感覺到自己的身體「咚」的一聲，墜落在一片冰冷的東西上。

不是很痛，大概就跟從床上掉到床下差不多。

我還來不及反應，一睜開眼，就被眼前的風景嚇到張大了嘴。

一大片、一大片連延不斷的雪，一種最白的白，鋪滿了遠遠近近的山脈。一眼望過去都是山沒錯，但是只剩下高低起伏的稜線。這種白，好像一句由最凶的老師口中所說出的最溫柔的話——你看著它，感到恐懼，又覺得是那麼不可思議。

我就這樣看著，一直看著。

幾乎忘了幾分鐘前我還在咒罵太陽，還在綠油油的草皮上。我正打算哭著喊老媽來救我，卻因為過低的氣溫，忍不住先打了個噴嚏。

一眼望去，除了英雄我本人，沒有任何其他東西。

我不是被球踢到嗎？為什麼來到這裡？這裡是哪裡？

我已經漸漸恐懼到，連大聲求救的欲望都沒有了。這一大片、望不盡的白，都是雪。好冷。我又打了個噴嚏。不知呆坐了多久，我決定起身試著走走看，但是我的腳，深深陷入了雪裡面。更糟的是，可能因為太冷，我開始有點幻聽。

不曉得打哪兒來的笛聲，忽遠忽近，吹著我沒聽過的樂曲。

我屏住呼吸，希望能找出笛聲的主人，但是那聲音忽然就斷了。我正萬念俱灰，那聲音又揚起了。然而我已經沒有力氣了，只穿著單薄的運動服，就算我是個小胖子，脂肪再厚，也是於事無補。我就算想動，也已經動不了，整個人就貼在雪地上。再見了，世界！再見了，銅鑼燒！再見了，老爸、老媽！

能這樣「傳奇性」死去，也可以算是英雄了吧？

我試著模仿電影裡面的英雄，閉上了眼睛，嘴角保持一抹似有若無的微笑。這樣萬一有救難隊經過時，拍起來會比較好看。只不過，正當我的假笑也快被凍僵，突然有一雙溫暖的手，輕輕拍了拍我的臉頰。我醒不過來，只感覺到有

人將我荷了起來，帶我離開。

當我再次醒來，已經身處在一間小木屋裡了。

一個看起來跟我年紀差不多的男孩子正煮著一鍋熱湯。好香。

「你上山做什麼？」他問。

「你上山做什麼？」因為我無法理解這句話的意思，也不知該怎麼回答。一時間，我竟只能跟著他的話複誦一次，希望他不要誤以為我是鸚鵡。我慢慢整理思緒，「我上山做什麼？」我哪有上山？我明明就在上課，我在上體育課啊！踢足球、球踢我、我墜落、就來到這裡了。

「足球？」他問。他說話很簡短，聲音聽起來細細的。

我解釋著一大堆人踢著一顆球的畫面。

「喔，蹴鞠。」他說。

「出局？」我不知該怎麼跟他解釋，我不是出局，我是巡邊員啊。一直在邊邊上。我沒有力氣解釋了。要知道，即便掉到這個一眼望去只有雪的什麼鬼地方，我也仍然是個胖子，胖子就是容易肚子餓啊。他會願意讓我喝湯嗎？

「你來採花？」他說：「五月天山雪，無花只有寒。」

我……我不採花。我從花蓮來。我在踢足球啊，我剛不是說過了。而且，什麼是五月天山雪？五月的花蓮明明就很熱，木瓜山也不下雪吧。

「方才便是在天山。」他終於願意舀湯了，「沒讀過李白的詩？笛中聞折柳，春色未曾看。」說著，邊把碗遞給我。

我握著湯碗，好溫暖啊，我想，我願意修改我的說法：我只對銅鑼燒有同等的熱情。喔，還有可樂。還有什麼鬼天山的一碗熱湯。仔細一看，湯裡有著類似麵疙瘩的東西。

「春天在邊疆是看不到的，人們只能從笛音裡領受，回味。」他意味深長的看了我一眼。

我口中喝著熱湯，心裡有個不祥的預感，「你是說，這裡是『邊疆』？」

他自顧自喝著麵疙瘩湯，沒再理我。我心裡則堆滿了問號：「邊疆」在哪裡？是一間新開的民宿嗎？離「邊邊」很近嗎？我……被綁架了嗎？

【邊塞朗讀者】

〈塞下曲〉六首其一　李白

五月天山雪，無花只有寒。
笛中聞折柳，春色未曾看。
曉戰隨金鼓，宵眠抱玉鞍。
願將腰下劍，直為斬樓蘭。

【現代翻譯機】

五月了，天山仍被雪覆蓋著。沒有花的蹤影，只有無盡的寒冷。寒風中傳來〈折楊柳〉的淒涼曲調，春天在邊疆是看不到的，人們只能從笛音裡領受，回味。白天在征鼓聲中隨軍作戰；夜晚即使睡覺，也抱著飾有玉珮的馬鞍，隨時備戰。我願意像漢朝使節那樣，犧牲腰間的佩劍與自己的生命，前往邊疆，砍下樓蘭王的首級。

【英雄啟示錄】

在各類型的創作中，常會出現「典故」的使用。有時是一句名人說過的金句，有時是成語故事，有時是眾所周知的民間傳說。根據《漢書・傅介子傳》記載，漢代地處西域的樓蘭國經常殺死漢朝使節，傅介子奉命出使西域，樓蘭王貪圖他假裝要獻上的金帛，被他誘騙到幕帳中殺死，傅介子最後帶著樓蘭王的首級返回中原。李白借用這個典故，使讀詩的人，透過簡短的兩句詩，很快能明白他熱血的心情。

第二章

到處存在的邊邊，到處不存在的我

大漠孤煙直，長河落日圓

只要一思考，我就覺得餓。
全天下的胖子都這樣嗎？

真倒楣。

張開眼睛前，我在心裡拚命祈禱，如果不是躺在學校的保健室，至少讓我看見家裡小閣樓外頭，那一片花蓮的天空吧！但是，當我偷偷擠開眼睛的細縫，從餘光中一瞥，我馬上就發現：我仍然身在「邊疆」，而非「邊邊」。

好吧。我坐起身子，身上一塊類似皮草的毯子滑落。原來是這張毯子，難怪我睡夢中感覺好溫暖，一點也不冷。昨天救了我、又煮麵疙瘩湯給我吃的男孩還在。他在紙上畫圖。我湊過去，細看，圖上畫著一條河，彎彎曲曲的。河邊，渾圓的夕陽快掉入河面了。遠處則有一道長煙，直向天空。

「你在畫什麼？」我忍不住問。

「大漠孤煙直，長河落日圓。」他回答。

看我沒什麼反應，他又說：「王維被派去慰問邊疆的部隊，事實上是被朝廷排擠出權力中心，沿途看到這樣的風景，他把它寫成了詩。」

「你好有學問喔。」我真心的說。

「還行。」他冷冷的回答。

根據我的觀察，他口氣雖冷淡，其實是一個溫柔的人。要不，又何必把我這樣一個胖子，辛辛苦苦的背回這間木屋，煮湯給我吃，還幫我蓋毯子。想到這裡，我忍不住快要流下一滴「英雄」淚。可惜蝦帥不在，要不然，問他一下天山在哪兒，邊疆在哪兒，應該就可以像衛星定位系統一樣，找出我所在的位置吧。

男孩告訴我他叫做小木，沒說全名。仔細一看，發現他穿著輕便的衣服，看起來像古裝，外面罩著獸皮——所謂的「邊疆」，會不會是某個拍片現場？

我從窗口向外看，外頭是昨天看見的雪山風景。天氣很好，有太陽，但地上的雪並沒有融化。記得我第一次看到雪，應該是老爸和老媽帶我到北海道玩看到的吧。那時，我簡直興奮到爆炸，穿著厚厚的外套，胖上加胖。我們一起堆雪人，老爸還租了小雪車，可以整個人坐在上面，由高處往低處滑。想起那時候的畫面，我突然有點想家了。

這裡到底是什麼鬼地方，接下來我該怎麼辦？

小木說，他的爺爺病了，所以他一個人來天山，看看雪蓮花開了沒，想要採回去給爺爺煎藥。小木還說，安祿山可能會使國家發生一場大動亂，大家的日子會愈來愈不好過了。

我本來以為安祿山是一座山，過了一會兒，才猛然想起，蝦帥跟我聊天時，曾提到楊貴妃幫安祿山洗澡的故事。他的重點是，他覺得一個很胖的女人幫一個很胖的男人洗澡有點兒搞笑，我卻因為「胖」這個關鍵字覺得不好笑。不過也因為故事裡出現了兩個胖子，我才記得他說那是「唐朝」時發生的事……等等，唐朝？

我馬上在心裡默誦歷史老師教給我們的口訣：黃帝唐虞夏商周，秦漢魏晉南北朝，隋唐宋元明清民……因為唸得太快了，我又倒帶了兩次，才終於搞清楚，唐朝應該是很久很久以前吧。到底有多久，我也不確定。要是現在有電腦和網路，就可以馬上查一下了。

可是現在有什麼？放眼望去，一間空蕩蕩的屋子，除了一張床、一張桌子，其他什麼也沒有。小木看了我一眼，「你這衣服挺特別，沒見過。」

說得也是，我穿著二十一世紀的中學運動服，怎能不特別？果然，下一秒，他就再度對我臉上所戴的眼鏡提出好奇。我隨口找了個理由敷衍。

重點是，我怎麼會來到這裡？我被球打中，身體歪掉，整個人往地面跌落……然後我就到這裡了。天山。邊疆。真不可思議啊。我整顆心突然亂了起來，肚子又開始有點餓了。只要一思考，我就覺得餓。全天下的胖子都這樣嗎？奇怪的是，小木好像特別善解人意，望著我：「你餓了吧？」

我保證我的肚子沒有發出咕嚕咕嚕的聲音。

一邊吃著他遞給我的麵餅，腦中千頭萬緒：首先，我沒有錢，錢包放在教室裡。就算有帶錢包來，唐朝人也不用新臺幣吧？其次，我不認得路，要是臺北我還ＯＫ，花蓮也勉強可以，但這裡是天山耶，我有辦法走回家嗎？最後，我想出一個下下策，就是想辦法再跌一次。假裝有一顆球從遠方飛過來，假裝我被打中，然後，假裝整個人跌到地面上——說不定我就可以跌回足球場上了！

想到這裡，我變得很興奮，再次印證：英雄在下我，人雖然胖，腦子可還是挺靈活的！因為有了好法子，我咀嚼麵餅的節奏也變得輕快起來。心情一輕鬆，這麵餅吃起來還挺香的呢。

真是太感謝小木了。等我回到花蓮，我一定會告訴蝦帥，全唐朝最善良的人，就是一個叫做小木的男孩！

吃完麵餅，小木說他得出門，再去找找雪蓮花。爺爺的病情不輕，若能儘快找到提前盛開的雪蓮花，就可早些治病。「就怕爺爺等不及了……」

聽見他這麼說，我突然心裡好難過。我沒有跟爺爺、奶奶相處的記憶，他們都在我很小的時候就過世了。但是，只要想到老爸或老媽其中一個生重病，我大概也會不知所措吧。別小看我，我可是個多愁善感的胖子。

因此，大概有一秒鐘，我幾乎就要跟小木說：「我陪你一起去找吧。」但隨即又想到，如果我不趁他離開，試試看再跌一次，說不定，真的永遠回不去了。那樣的話，老爸和老媽應該會很著急吧！於是，我忍住了原本要說的話，騙小木說：「我頭好痛，我自己在這裡休息一下。」

小木沒有懷疑，先離開了。

他才一出門，我就馬上爬到床上，站得高高的，想像有一顆球被踢得很遠，敲中我的頭，我整個人彈起來，往地面一跳，我在心裡期待著，自己的身體也會像上一次，變成空氣般穿越地面——然而我卻重重的摔落在地上。「痛！」痛到我忍不住大叫了一聲。我試著用手撐起身體，想坐起來。不知哪來的一陣風，捲起了小木放在桌上的畫，畫紙在空中迴旋了兩圈，落在我眼前。

小木的畫，看起來好簡單，又好感傷。

大漠孤煙直，長河落日圓。

我忍不住哭了起來。

【邊塞朗讀者】

〈使至塞上〉 王維

單車欲問邊，屬國過居延。征蓬出漢塞，歸雁入胡天。

大漠孤煙直，長河落日圓。蕭關逢候騎，都護在燕然。

【現代翻譯機】

隻身前往邊關慰問部隊，身為使臣的我，驅車經過了西北的居延。蓬草隨風飄出了漢代即已設置的邊塞，歸返的大雁振翅飛入胡國高闊的天空。浩瀚的沙漠上，一道狼煙筆直的升起，悠長流淌的黃河邊，落日顯得格外渾圓。到了蕭關，沒遇到首將，卻碰到了偵察騎兵。方才知曉，戰事未了，河西節度使仍在燕然前線。

【英雄啟示錄】

被蘇軾稱為「詩中有畫，畫中有詩」的王維，自然是「寓情於景」的高手。當我們想要透過創作傳達情感，直接說出心中的愛恨或哀樂，是最無法獲得共鳴的方式。這首

詩中，王維就非常高明的示範了如何「寓情於景」：自己被排擠於權力之外的「孤獨」，與大漠中一道獨自燃燒的狼煙何其相似？而一心祈願戰事平息、世事「圓滿」的心情，不也正像一枚落日般渾圓？

虜酒千鍾不醉人，胡兒十歲能騎馬

馬兒的四蹄加快速度，踢踏奔馳著，
我彷彿可以感覺到冷風擦過頭髮的聲音。

真倒楣。

當我確定自己無法離開天山的事實之後，只好在屋子裡呆呆等著。等待著小木回來的空檔，我忍不住怨怪起老爸來——要不是他剛好被裁員、要不是他剛好決定要搬到花蓮、要不是我剛好轉學到一所熱愛足球的國中、要不是我剛好被一顆球砸中……人生，真的是由一連串的「剛好」所組成。差不多到了午餐的時間，外出尋找雪蓮花的小木回來了。我趕緊從床上站起身子。

他看著我，搖了搖頭。

我看見他雙手空空。

我們同時嘆了口長長的氣。

還好，小木並沒有因此不做午餐，要不然我就要哭得更大聲了。只見他優雅的到外面的雪地上拿出預藏好的肉，生了火，不一會兒，就煮好了一鍋香噴噴的燉肉。真的是太有才華了。因為我很貪吃，可以稱得上是一名小小美食達人，我不得不說，這絕對是我吃過最好吃的燉肉！一邊嚼著美味的肉片，我腦子轉啊轉的，心裡不斷掙扎著，該怎麼對小木解釋：我其實不是唐朝人。當他知道真相，會怎麼做？被我嚇死？還是從此不理我？

終於，我生平第一次，食物還沒有吃完，就把飯碗放下來。我鼓起勇氣，像電視上準備要告白的人那樣，對小木說：「其實……我來自未來。」

「未來？」可能因為太意外，小木也變成了一隻鸚鵡。

「一個相對於現在，還沒有發生的世界——還沒有來，就是未來。」當我這麼解釋著的時候，突然覺得自己也滿有詩意的。

「你是說，你來自明天？」小木睜大了眼。

「不，不是明天，也不是後天，更不是大後天。我來自很久很久以後啦。」只可惜小木沒看過哆啦A夢，不然我就可以用「時光機」來做比喻了。不過，這也是廢話，如果真的有時光機，我還需要擔心自己回不去嗎？

「借我摸一下。」話才剛說完，小木就用手緊緊箍住我肥胖的手臂。

「唉唷喂呀！」我痛得叫出聲音。

「你是真人沒錯。」他湊近我，端詳著，「但，你來自未來？」

「少說也隔了一千年吧。」我說。

「一千年之後有什麼？」小木又問。

「有的可多了。到處都是蓋得很高的房子，天空有飛機，海裡有潛水艇，家裡有電視……」話還沒說完，我就後悔了。幹麼舉這些例子啊，我根本沒辦法跟他解釋什麼是飛機、潛水艇、電視。

「什麼是電視？」果然，他問了。還好只問了這一個。

「一個長長、扁扁的東西，裡面有很多節目。有人在唱歌、演戲，也有人教你怎麼做菜。」我本來還想提卡通，為了不自找麻煩，就算了。

「那些人都是鬼嗎？不然，怎麼能全擠進那一個長長、扁扁的東西裡頭？」

小木一臉不可思議，這似乎超出他能想像的範圍了。

「他們不是鬼……」天啊，我該如何向一個唐朝人解釋各個電視臺會先製作好電視節目，然後藉由有線頻道播送？

「或者，其實你們只是在作夢？」小木的眼睛一亮，想起了什麼似的，「那些唱歌、演戲的，都是你們夢裡的人？」

「呃，」我說：「雖然我老爸偶爾會在電視前面睡著，但是大多數的人在電視機前都是清醒的。」

「那就對了！一個長長、扁扁的東西，人本來是清醒的，看著它就睡著，還會作夢，這東西我們也有啦，叫做枕頭。」小木終於鬆了口氣。輸人不輸陣，大概輸給二十一世紀的人很沒面子吧。

而我，決定放棄解釋，先吃燉肉比較重要。

吃完午餐，我又將自己如何因為被球砸到，而來到天山的過程告訴小木。不是我愛誇張，當我說完一長串的「心路歷程」，我真的覺得自己表達得太好了！

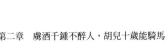

我得認真考慮瘦身，以後好好往演藝圈發展才對。老媽還等著我當樂團主唱呢。

而小木果然沒有辜負他「全唐朝最善良的男孩」的封號，馬上安慰我：「別擔心，等我找到雪蓮，帶你回去見爺爺，爺爺懂得的事情多，一定有辦法幫你的。」

要不是我天性害羞，我真是感動到想要緊緊擁抱小木。如果不是因為他，我能在唐朝生存下來嗎？以我的「姿色」來看，可能半路就被抓去烤乳豬了。

告訴小木真相後，我也安心多了。反正現在也沒辦法跟老爸和老媽報平安，就算他們很著急，或者我很著急，都沒用。於是，穿上小木借我的皮裘，我也試著幫忙出門找雪蓮花。

過了幾天，小木終於找到他尋覓多時的雪蓮花了！

「其實再過一陣子，整片天山積著雪的岩縫都會開滿雪蓮花的。只怕爺爺的病不能等。」

我看著他手中捧著的雪蓮花，好漂亮，比我想像的大。分不清是花瓣還是葉片，一種淡淡的白色和綠色，看起來很珍貴的樣子，比我見過的所有花都更美。但是我見過的花並不多，或者說，我認得的花並不多。搬家後，老爸在「邊邊」的院子裡種了一棵雞蛋花，滿美的；花蓮種有很多麵包樹，樣子也滿特別的。但是小木並沒有聽過那些植物的名字。

「事不宜遲，我們快出發吧。」小木略為整理了行李，將雪蓮花護在胸前，牽來圈在屋旁的馬兒，輕輕縱身一躍就上了馬。他對我伸出了手，「來吧。」

我遲疑了。回想起來，唯一一次騎馬的經驗，應該就是老爸、老媽帶我到走馬瀨農場玩，看見有迷你馬可騎，便問我要不要騎吧。其實我根本不想騎，但我這個人的缺點就是好相處，我知道老爸很希望我騎，我就說好。不知道是否因為我太重，那匹小馬根本不想走，一直原地踩步不肯移動，偏偏老爸又湊在旁邊拍照，「英雄，笑啊！」我一個重心不穩，差點跌下來，老爸按下了快門，留下一張我和馬的臉都很臭的照片。

於是，我雖然上了馬，但童年傷痕還在。看小木氣定神閒的樣子，我忍不住說：「你好厲害，這麼年輕就會騎馬。」

「這哪有什麼，」小木說：「虜酒千鍾不醉人，胡兒十歲能騎馬。住在邊疆

的少年本來就愛騎馬打獵，小時候總巴不得自己快點長大，爺爺才肯答應讓我騎馬。」

小木好像很喜歡用詩句來解釋事情，難道唐朝的人都這麼有學問嗎？

我還來不及再問，小木便用腳夾緊了馬肚，馬兒的四蹄加快速度，踢踏奔馳著，我彷彿可以感覺到冷風擦過頭髮的聲音。

很快的，我們就將天山遠遠拋在腦後了。

【邊塞朗讀者】

〈營州歌〉 高適

營州少年愛原野，皮裘蒙茸獵城下。

虜酒千鐘不醉人，胡兒十歲能騎馬。

【現代翻譯機】

東北邊塞營州的少年慣愛原野生活，穿著蓬鬆的皮袍子便在郊野打起獵來。當地自製的美酒就算喝了千杯也毫無醉意；因為尚武的風氣盛行，這些少數民族的孩子，哪怕只有十歲也能駕馬馳騁呢。

【英雄啟示錄】

寫作時，該如何挑選適當的「意象」來說明文章中想表達的重點？高適很聰明的把「原野」、「皮裘」、「虜酒」、「騎馬」等關鍵字，放進這首充斥著民歌風味、讚美「胡兒」精神昂揚的詩中。雖然整首詩完全沒正面提及，邊疆少數民族的這些少年是如何著迷於武術與打獵，卻可以在他所勾勒出來的畫面中一覽無遺。

惆悵孫吳事，歸來獨閉門

看起來就跟所有爺爺差不多的花爺爺，留著鬍子，穿著飄逸的古裝……

真倒楣。

馬兒飛快的奔馳著，眼前的風景也漸漸暈眩起來，好不容易經過一座城市，本以為小木會稍微休息一下，好歹也讓我這個「邊邊」來的人，見識一下「邊疆」吧？但是，大概是希望能加快運送雪蓮花的速度，小木眼沒眨、頭沒歪，直直的往前進。好啦，我老實說，是我肚子餓了啦。路邊有間賣烤包子的店，感覺好香啊，況且，烤包子耶，吃都沒吃過。

然而，英雄在下我，豈是如此貪吃的人？

呃……好像真的是。我吞了吞口水，不敢出聲。小木雖然專心騎著馬，卻會讀心術，大聲對著後頭的我說：「再忍忍，回家吃爺爺煮的大餐。」

就這樣，我穿著皮裘，跟著一個叫做小木的男孩，一路從天山騎著馬奔騰不歇。說也奇怪，也許是因為離天山遠了，一路天氣漸漸恢復成五月應該有的溫度。半路上，我們就脫下了皮裘，再往前，我簡直以為我回到花蓮了——也太熱了吧。胖子的本色就是汗如雨下，以前聽人家說「汗馬功勞」，這下子，汗和馬都有了，功勞應該也快點出現才好。

我的手錶，似乎在我被球撞到、跌落地面的那一瞬間壞掉了。但是根據我這幾天的觀察，所謂「邊疆」，天色暗得比較晚，白天顯得特別長。好險，我們終於趕在天黑之前到達小木的家。

正確的說，我們到達了一座大城堡。

整座城建在一片懸崖上面，如果只是走在外頭，肯定無法知道城牆裡的生活。守城的人似乎也認識小木，沒怎麼盤查我們，就點點頭讓我們進去了，感覺比二十一世紀的交通警察還親切一點。

「居高臨下，可攻可守。」大概是看我呆頭呆腦、一直望著高高的城牆，小木這麼對我解釋著。

「可攻可守？」我還搞不清楚狀況。

「戰爭哪。」小木的口氣好成熟，「什麼時候會發生戰爭，都是不知道的。」

戰爭？我趕緊閉了嘴。那不是會有人死掉嗎？可怕。

一進城門，就是一條又長又寬的大道，把整片住宅區分成東、西兩邊。據說路的北端蓋有許多寺院，而東南方的地底，則有一座宏偉的大宅院，是安西大都護府。東側還有一些軍營，西邊則有許多工作坊，好熱鬧，紡織的、釀酒的、做鞋的，什麼都有，人來人往，我簡直像走進古裝劇拍片現場那樣，看傻了眼。好怕下一秒就會有一個導演走出來大喊：「停！重來，這段重拍一遍。」

小木帶我回到他的家。

這幾天在天山相處的日子，我已經知道，他的爸爸媽媽在一場意外中過世了，只剩下他和花爺爺兩個人相依為命。爺爺年紀大了，全身莫名的怪痛，聽大夫說，可以用雪蓮花解毒袪痛，小木才堅持一個人上山找解藥。以前，花爺爺常帶他上山野營，其實他對天候、環境都很熟悉。要是真能治好爺爺的病，那可比什麼都重要。

小木還說，自己並不算邊疆這一帶的游牧民族，爺爺似乎也是從別處遷居來的。到底是打哪兒來的？他說爺爺住過很多地方，什麼宋中、孟諸、鐵丘，可惜我一個都沒聽過。但，這不能怪我吧，如果我跟他說老爸帶我去過的左營、霧社、壽豐和二水，想必他也會一頭霧水。

老實說，原本我以為回到家，會上演一齣親情大悲劇：就是一走進房間，發現爺爺躺在床上，咳個不停，咳呀咳的，還咳出了一口血，小木連忙拋下了雪蓮花，跑過去直搖他，「爺爺，您醒醒啊，我是小木，我帶雪蓮花回來見您了啊——」

還好，一切只是我電視劇看太多。

在現實生活中，喔，不，在現實的唐朝生活中，花爺爺能走、能動，還能照料自己，只是怪痛來得莫名其妙，讓一向硬朗的他，第一次願意承認自己病了，也正因為這樣，小木才格外擔心。

看起來就跟所有爺爺差不多的花爺爺，留著鬍子，穿著飄逸的古裝，一見到小木，便開心的緊緊抱住他。

我想，花爺爺一定擔心得要命吧。其實，我也擔心得要命，不知道他能不能接受二十一世紀的胖子？

我煩惱的問題還來不及發生，花爺爺就忙著張羅食物給我們吃。小木說得沒錯，好豐盛的一餐！烤肉、米腸子、麵餅，還有奶茶和葡萄酒呢。我完全發揮我的實力，將食物吃得一乾二淨，英雄在下我的辭典裡，沒有「浪費」這兩個字。

花爺爺好像很欣賞我吃東西的樣子，連連說：「好、好！就是該這樣！我們家小木就是胃口差了點，難怪瘦巴巴的啊。」

小木何只是瘦巴巴，他一張比女孩子還精緻的臉，如果放在二十一世紀，還滿適合當個「花美男」的。我敢保證，他一定會被挖掘去當明星，比方說，本來只是陪我去試鏡，後來他尿急去借廁所，竟然就被導演一眼看中那樣。

吃完大餐，我說出了心中的好奇：花爺爺為什麼流浪了這麼多地方，最後選擇了「邊疆」居住？

花爺爺喝了一大口葡萄酒，淡淡的說：「惆悵孫吳事，歸來獨閉門。」

這一秒，我完全不懷疑眼前的這兩位是祖孫。真的很愛用詩來回答我的問題耶！哼，以為我聽不懂嗎？好啦，我承認，我真的聽不懂。

小木很清楚我的程度，幫我解圍：「爺爺剛剛引用高適的詩，是感嘆自己曾經有機會像軍事專家孫臏和吳起那樣，發揮長才，為國家盡一份心力，但終究因為人生際遇的關係，沒有辦法照自己所想的來做，只好把門關上，躲起來，不再理會外頭的風風雨雨。」

這一躲，躲得可真遠啊。

望著花爺爺，不知為什麼，我突然想起了老爸。想起他剛被報社裁掉時，整個人趴在電腦前面寫個不停的身影。記得他說，他要把二十年來，所看到的大大小小荒唐事，寫成一本小說。那種心情，是否也是「惆悵孫吳事，歸來獨閉門」？

看著一杯接著一杯「乎乾啦」的花爺爺，我開始想念老爸了。

【邊塞朗讀者】

〈薊中作〉 高適

策馬自沙漠，長驅登塞垣。邊城何蕭條，白日黃雲昏。
一到征戰處，每愁胡虜翻。豈無安邊書，諸將已承恩。
惆悵孫吳事，歸來獨閉門。

【現代翻譯機】

從塞外的沙漠鞭馬歸來，一路遠行無阻的登上了長城。從邊界上遠望薊城，是如此寥落蕭條；太陽被黃雲遮蔽，大地顯得暗淡無光。每當我來到征戰的地點，總憂慮邊疆的少數民族們會叛離作亂。面對這種險惡情勢，難道我沒有如何安定邊境的建言嗎？無奈某些將領已獲得皇帝寵信，我的建言不會被採納。只恨我不能像孫臏、吳起那樣施展軍事才能；還是謝絕世事、回家閉門獨處吧。

【英雄啟示錄】

在邊塞詩中，除了有描寫塞外風光的作品，也有不少詩作傳達出詩人對於政治現實的關注，以及對國家興亡的憂慮。這首詩便是典型的將兩者結合。高適送兵到河北，返回薊中時，先寫出蕭條冷清的邊城景色，隨即筆鋒一轉，帶出自己「人微言輕」的憤懣，也才有了結尾兩句的「不如歸去」之嘆。

火雲滿山凝未開，飛鳥千里不敢來

我拍拍胸脯，
就讓我來充當一次黑「豬」宅急便吧！

真倒楣。

我正開始覺得有點享受當一個唐朝人的生活時，戰爭卻爆發了。

借住在小木家的日子裡，始終找不到一個合適的機會，告訴花爺爺我來自二十一世紀。花爺爺只當我是小木在天山認識的朋友，熱情的招呼著我：「英雄，你餓了吧？」「英雄，嚐點新鮮水果？」「小木，帶英雄去附近逛逛呀。」害我都不好意思了起來，好像我真的是凱旋而歸的「英雄」似的。

說真的，唐朝，滿棒的耶。

我跟小木上街，看著人來人往的熱鬧景象，完全不會輸給臺北。不時有優雅的仕女，跟我一樣，長得比較「豐滿」些，她們騎馬，戴著一頂高高的帽子，帽沿還有薄紗垂下來，感覺好優雅。偶爾，也會和軍人擦身而過，他們穿著白底藍條的軍裝，頭上戴盔，騎著馬的英勇模樣，挺帥氣的喔。

一開始我有點不太習慣的是，到處都可以看到馬，有的壯些，有的瘦些，大家也都習以為常。後來想想也是，現代人在馬路上看到汽車、摩托車也不會覺得奇怪呀。而且，有馬在走的道路，可說是正牌的「馬路」哩。

小木還帶我去買一種梅花狀的點心，裡面包著甜甜的餡，吃起來有點像日本的和菓子，只可惜沒有我最愛的銅鑼燒。要是有機會可以介紹小木吃銅鑼燒，該有多好！小木應該也沒喝過可樂吧？

更棒的是，花爺爺服了雪蓮花煎製的藥，怪痛的狀況減輕了，小木也滿開心的。我看他心情不錯，一向識時務的我，趕緊問上次沒來得及開口的問題：「唐朝的人，都這麼有學問嗎？」

小木聽了，噗嗤一聲笑出來，臉頰紅彤彤的，比我們班上的女生還可愛。

他反問：「你才認識沒幾個人，怎麼就覺得唐朝人學問好了？」

說的也是。我只好搔了搔頭說：「因為你們動不動就唸出一句詩啊。要知道，如果我們那個年代的人，沒事在生活裡面唸詩的話，會招來很多異樣的眼光耶。」也就是俗稱的，同儕壓力。這很難解釋啦，胖子才懂的心酸。

「在唐朝，沒有人不讀詩吧。」小木一臉覺得我很怪的模樣，「從皇帝到百姓，大家都愛詩，科舉考試也考詩，詩還可以跟歌結合在一起傳唱，不誇張的說，詩就是生活的一部分。」

我趕緊點頭，再點頭。

小木接著又說：「我還聽過一個故事。有個僕人，他家的主人對他很刻薄，大家都勸他儘早離開，另外再找一位好主人。他卻只是淡淡的說，我不想離開我家主人，因為，他的詩實在寫得太好了……」

我沒繼續點頭，因為，我呆住了。

如果換作是我，應該只會對大廚師這麼死心塌地吧。

就這樣，我展開唐朝新生活，還暗暗心想，說不定我也能成為一個詩人？

沒人說胖子就不能寫詩吧？然而這年冬天，戰爭卻爆發了。我不禁想起之前小木說的：「什麼時候會發生戰爭，都是不知道的。」

確實如此，戰爭說來就來。好像就是那個安祿山搞的鬼。真沒想到，我這一趟唐朝之旅的行程還真充實，連跟安祿山都能扯上關係。

戰爭爆發後，空氣就變得不一樣了。

先前那種悠閒的氣氛一掃而空，我更不知該怎麼對花爺爺說出我的祕密了。我尷尬的過著日子，反正既不用上課考數學，也不用上最痛恨的體育課，除了掛念老爸和老媽，還有李叔叔和他的銅鑼燒之外，生活並不算無聊。

偶爾和小木在房間裡玩玩圍棋，或是幫他一起做飯，一時興起，還會去坎兒井「遠足」。所謂「坎兒井」，就是當地的人為了對抗乾旱，挖出豎井和地下水道，將天山的雪水引到農田和屋旁，給人們使用的水利工程。不得不說，真的是很聰明。當天氣又漸漸熱了起來，人們就得疏浚、維修坎兒井，以保持有水可用。

這一天，花爺爺突然將我找去，「英雄，花爺爺有一件事想拜託你。」

好緊張喔。花爺爺要拜託我耶，該不會是找我去挖井吧？

英雄在下我，有生以來，從來沒有被拜託過。可能大家覺得胖子不可靠，總是跳過我，不會要我擔任什麼重要的工作。老爸和老媽也很保護我，除了拜託我「少吃一點」，不曾真的拜託過我做點什麼。

花爺爺的話，不禁讓我挺直了肥嘟嘟的身軀，用最閃亮的眼神，對他說：「您儘管說。」

「我得讓小木幫我送一封很重要的信，給一位老朋友。」是我的錯覺嗎？爺爺的聲音聽起來有些感傷，「但是我不放心他一個人去。英雄，你願意答應花爺爺，陪小木一起去嗎？」

唉呀，原來是這麼簡單的任務。那有什麼問題。

我拍拍胸脯，就讓我來充當一次黑「豬」宅急便吧！

於是，我和小木準備了簡單的行李，帶著爺爺的信和他烤好的麵餅，又上路了。我們騎著馬，離開了交河城，沿著大道，遠遠便看見了火焰山。

好安靜。

人似乎都不見了。一大片紅土的上方，是光禿禿、寸草不生的山脈。天空布滿厚厚的雲霧，看起來很有壓迫感。

「火雲滿山凝未開，飛鳥千里不敢來。」小木說：「你看這雲厚成這樣，難怪鳥兒不敢飛過來。」

聽說夏天的時候，這裡的溫度燙得嚇人。我看著那一大片厚雲，想起之前冰島火山爆發，火山灰造成歐洲航班大亂。突然覺得：好險唐朝人不開飛機，不然，這麼厚的煙雲，別說是飛鳥，就連飛機也不敢飛過來吧。

【邊塞朗讀者】

〈火山雲歌送別〉 岑參

火山突兀赤亭口，火山五月火雲厚。
火雲滿山凝未開，飛鳥千里不敢來。
平明乍逐胡風斷，薄暮渾隨塞雨回。
繚繞斜吞鐵關樹，氛氳半掩交河戍。
迢迢征路火山東，山上孤雲隨馬去。

【現代翻譯機】

赤亭口一帶高聳的火焰山，到了五月，氣溫騰高，引發自燃，其煙赤紅濃厚如雲。由於煙雲終年不散，罩住了整片火焰山，千里外的飛鳥根本不敢飛來。天色破曉時，那厚雲才偶爾被西北風吹開；到了黃昏，又隨著塞外的雨氣聚攏起來。火焰山的這片煙霧繚繞彌漫，彷彿要吞掉了邊關所植的樹木；那氛氳的程度，就連交河故城那片駐

防的營壘，也有泰半都被遮住了。火焰山以東的漫漫長路，將是你的歸途；我不捨的心情就好像一片山上的孤雲，也隨著你的馬蹄聲遠去。

【英雄啟示錄】

在創作時，適時加入「擬人化」的想像是必要的。在岑參這首少見的、聚焦在地質學上的詩作，除了像紀錄片般帶領我們巡視了西域奇景火焰山，並用各種角度去寫火山雲的「凝」與「厚」，想必根本不可能容許鳥兒飛越，但他卻不直接寫天空中沒有鳥兒，而改稱「飛鳥千里不敢來」——連鳥兒都感覺畏懼的地方，人又將體會到多麼巨大的荒涼呢？

秦時明月漢時關，萬里長征人未還

我雖然沒有做好要去唐朝的心理準備，
但也沒有做好要離開唐朝的心理準備啊。

真倒楣。

乘著花爺爺特別挑的一匹「識途老馬」，我跟小木，經過大名鼎鼎的火焰山。一邊反芻著小木說的詩句，我的腦子也一邊想起《西遊記》裡，孫悟空向凶巴巴的鐵扇公主借來一把芭蕉扇，要將火焰搧熄。真的好熱，我覺得自己快熱昏頭了，很希望能有一把扇子幫我搧風乘涼。可能因為胡思亂想的緣故，一時閃神，我竟自馬背上跌了下去。

連小木都還來不及反應過來、抓我一把，我整個人已經跌落。然而，我那聲「唉唷」，還沒有叫出聲，一股落空的感覺卻悄悄浮上我的心頭——也就是說，我原本預期自己會摔個半死，滿身烏青，但我一定會咬緊牙關不哭，畢竟我答應了花爺爺嘛，如果只因為在這邊摔了個跤，就滿腹委屈，那未來的路要怎麼走下去？可怕的是，我連滿身烏青的機會都沒有。我的身體，好像變成了空氣，雖然保留著人的形狀，但既不是固體，也不是液體，就那樣輕飄飄的穿過了地面，整個人往地心墜落。

當我真正降落到地面，張開眼睛——沒錯，該死的，我看見的畫面是旋轉了九十度的校園，操場上很多人穿著運動鞋的腳。我的臉緊貼著草皮，鼻子聞到一點刺刺的青草香，我手上的錶，所移動的每一秒，聽起來都好大聲。

我……回到花蓮了？

似乎完全沒有人注意到，我其實已經離開整整一年？大家圍過來看我有沒有怎樣？我站起來，拍拍身上沾到的泥土，小小聲的說：「我沒事啦。」

但，我簡直要哭出來了。我怎會回到花蓮？小木現在應該覺得莫名其妙吧？我根本還沒有跟他好好告別，他該如何一個人去送信？花爺爺又該怎麼辦？我雖然沒有做好要去唐朝的心理準備，但也沒有做好要離開唐朝的心理準備啊。

真的是，愈想愈氣。

我看著同學們熱烈踢球的模樣，滿腦子都是我在唐朝吃過的美食——喔，不是啦，滿腦子都是唐朝最善良的男孩救了我、收留我、跟我玩的畫面。我最記得有一次我們到附近一座城，那裡有很多商人舉辦的市集，到了夜裡也不休息，掛起大燈籠，把街道照得亮晃晃的。我貪吃又貪玩，一不小心就和小木走丟了，最後小木終於找到我時，臉上滿是著急的神情，「你一個人，在唐朝，萬一身分被發現了怎麼辦？」

那一刻，我知道小木真的很關心我，比我對銅鑼燒的關心還要多、還要深刻。我連忙向他道歉，說我是因為看到一個樂手，在表演從沒見過的樂器，看得太著迷了，才沒跟上他。如今，我一摔，又摔回了二十一世紀，他一定擔心死了吧！

思緒愈來愈混亂，淚水擠滿我的眼眶，同學們嘈雜的聲音我都快聽不見了。就在一個來不及閃躲的瞬間，一顆球，又直直的砸向了我的頭——

「咚」的一聲，好大聲。

我整個人昏了過去。

再醒過來時，我已經趴在小木背上了。小木似乎完全沒發現，我曾經離開唐朝，又回來。他對我說：「你剛剛跌下馬，還好有駱駝商隊的人經過，停下來幫忙，將你扶上馬。是因為肚子太餓，你才昏倒嗎？」

小木的聲音好溫柔，使得英雄在下我，感覺到有一點害羞。可能因為害羞，我竟不敢對小木說，我剛剛回到了二十一世紀——雖然，只有幾分鐘的時間。

我不敢說，或許是因為我害怕。

我害怕下一次不知道什麼時候，我又會離開唐朝。為了避免「沒做好心理準備的離開」，我的首要之務，就是不要隨便從馬上掉下去。同時，為了不使小木起疑，我點點頭回答他的問題：「不好意思，胖子比較容易餓。」

「你並不胖啊。」小木邊說，邊挑了個有樹的地方，停下馬，拿出花爺爺準備的麵餅給我吃。

我大口大口吃著麵餅，心想，如果跟街上的仕女們相比，我是胖不到哪裡

去啦。但如果是跟小木一比，可就心事誰人知了。

小木小口小口的咬著麵餅，目光落在前方不遠處的一方關塞。

「秦時明月漢時關，萬里長征人未還。」他說：「王昌齡的這首詩寫得真好。我們所看到的月亮和邊關，都是從秦漢時期就已經存在的了。換句話說，戰爭，也從那時候開始，始終沒有停過。」

「原來大家都這麼喜歡打仗啊？」我問。

「爺爺說，只要有人，就有貪心，戰爭就會無所不在。」小木顯然是想起了安祿山的作亂吧，還有他懷中要送的那封信。「接下來，還有很長的路要走，又剛好遇到戰爭，我們不知道能不能順利找到高適呢。」

「高適？」這名字聽起來有點耳熟，好像在哪兒聽過，但是我大腦的記憶體有點不足，老是記不住聽過的名字。真囧。

「爺爺的這封信，就是要送給高適的。」小木說：「在唐朝，有很多有名的詩人，高適也是其中一位。他和岑參，都擅長寫邊塞詩。」

「邊塞詩？」我好奇的追問：「和邊疆有關嗎？」

「描寫邊疆的風光與戰爭的狀況，這一類的詩，我們就叫它邊塞詩。」小木說：「在唐朝，想要當官，除了考進士之外，也有人想辦法到駐守邊境的軍隊裡，擔任文書工作，如果能獲得賞識，也是一個不錯的機會。」

「想不到你們競爭也這麼激烈喔？」我真是小看了唐朝，「我還以為只有我們考試很心酸耶，看來，你們也不輕鬆。」

「像剛剛王昌齡的這首〈出塞〉，也算是邊塞詩的一種。」小木咬完最後一口麵餅，「說到辛苦，晚上我們在附近找地方休息一下，接下來的路會很辛苦喔。」

「真的喔？」我愣了一愣，其實我答應花爺爺的時候，並沒有想過到底會是怎樣的一趟旅程。是怎樣辛苦？愚公移山？精衛填海？

「到時候，你就知道了。」小木居然選擇賣關子。到時候，要是我不小心又跌回二十一世紀，那可怎麼辦？

【邊塞朗讀者】

〈出塞〉二首其一　王昌齡

秦時明月漢時關，萬里長征人未還。
但使龍城飛將在，不教胡馬渡陰山。

【現代翻譯機】

秦漢時期就已存在的月亮，拂照著秦漢時期就已存在的關塞。然而，那些為了戰事跋涉萬里的將士們，卻還不得返家。倘若鎮守龍城的飛將軍李廣還活著的話，胡人的騎兵不會如此輕易就跨越了陰山。

【英雄啟示錄】

在修辭學上有個說法叫「互文見義」。因為字數的約束、格律的限制，必須用較簡潔的文字來表達較豐富的內容，於是，原本應該兩個事物在上下文中都分別出現，卻只出現一個而省略另一個。本詩的首句「秦時明月漢時關」就是一例。

理解這種互文時，必須把上下文保留的詞語結合起來，讓他們互相補充彼此，使原來的意思完整，也才會稱之為「互文見義」。所以，明月，並非只屬於秦朝；關塞，也不是只屬於漢朝。

第三章

春宵苦短，英雄前進吧！

黃沙磧裡客行迷，四望雲天直下低

太陽晒得我全身沒力，
加上我本人油滋滋的，
簡直是一塊沙漠中移動的九層糕。

真倒楣。

雖然不至於以為花爺爺派我們送信，沿途會是鳥語花香，但我怎麼也沒想到，等在前方的，會是一片大沙漠！一早起來，小木就謹慎的要我準備好足夠的水，確定馬兒吃足了糧草，才有點嚴肅的跟我說，出發了。

然後，我們就進了沙漠。沙漠耶！一開始我實在有夠興奮的。老爸和老媽帶過我出國旅遊那麼多次，從來沒有見過沙漠。臺灣雖然有高山縱谷、平原盆地，卻也沒有沙漠。因此，當我看見沙漠的時候，忍不住大叫：「哇嗚，太棒了！」

小木卻只是淡淡的說：「別高興得太早，你最好保留一點力氣。」

我哪裡有空理他。我假裝自己是外出巡邏的國王，將目光放在一眼望不盡的沙丘之上，我往北看，往東看，往南看，往西看，嗯，很好，都是沙。沙變化出各種線條，襯著萬里無雲的天空，實在乾淨、漂亮。只是，過了差不多十分鐘，我試著調整我的目光，我往北看，往東看，往南看，往西看，嗯，很好，還是沙。

為了避免太快露出無聊的神情，我開始在腦中回想老媽最愛的樂團前十名，這麼久沒見到老媽了，不知道她的排名有沒有調動？她以往都會趁睡前擁抱我時，向我更新最新排行的。前十名想完了，我順便把比較沒那麼重要的第十一名到第二十名也想一遍。「殺」時間嘛——反正現在身處哪裡都是「沙」的時間。

感傷的是，我又想完了。我決定不再忍耐，找小木聊天：「你聽過搖滾樂嗎？」

「搖滾樂？」小木問，「一邊搖還要一邊滾的音樂？」

「呃……」這答案肯定會獲得老媽最高等級的白眼。不過我很快就放棄解釋。我想，雖然有個搖滾樂隊叫做「唐朝」，並不代表「唐朝人」就能理解搖滾樂。我也沒辦法說服小木，有種音樂是幾個人在舞臺上又敲又彈又唱，下面的人就會像著魔一樣，跟著狂喊大叫。

我決定找個不那麼為難自己的話題，「昨天，你說花爺爺要我們送信給高適，到底是為什麼？高適不是一個詩人嗎？為什麼在戰爭發生後，要送信給他？」

「不要一次問這麼多問題，這樣我答完一題，會忘記另外一題是什麼。」真想不到小木還有這種奇怪的堅持。他一定是沒看過臺灣的立法院質詢，問題都是劈里啪啦問個沒完的，絕不給對方回答的時間。

不過我這麼識時務，當然不會在這種需要聊天的時候，找自己麻煩啦。我馬上親切的說：「那先麻煩你介紹一下高適吧！」我突然對這個詩人充滿了好奇心。

「高適，字達夫，渤海蓨人。」小木沒好氣的，像背誦課文那樣，說著高適的出生地。

「等等，你說他字達夫，那他不就叫做高達夫？」我驚訝的問。因為，這位老先生，居然跟我爸的名字一樣，也太巧了吧。

「其實，我們身為晚輩的，是不該直呼其名啦。有點失敬。一般平輩或晚輩稱呼對方，多半使用字號。」小木說。

「規矩還真多。」我忍不住抱怨。哪分得清楚平輩、晚輩的，外國人都直接叫名字多方便。況且我記憶力沒那麼好，要記英文單字、要背地理、要搞懂宇宙的星體運轉……光是記古人的名字就很累，誰還記得了一大堆字號？

小木沒理會我的牢騷。「這位高適——我稱呼他為高爺爺，和我家的爺爺是在商丘的梁園認識的。大家都喜歡寫詩，很快就變成好朋友，當時跟他們一起的還有李白和杜甫。」

「你是說，那個李白，和那個杜甫？」我驚訝的反問。

「你認識？」小木一臉不解。

「我是不認識。只是，應該沒有人沒聽過李白和杜甫吧？」我連忙說：「像我這種什麼古詩、現代詩都分不清楚的，也知道他們的名字。他們知名度超高的耶，絕對比歐巴馬還有名。」

「你把詩人跟馬相比？」小木聽起來有點不高興。

「不是啦。歐巴馬，是前任美國總統耶。」我趕緊解釋，並且明白什麼叫做愈描愈黑，「就是我們那個時代，美國的黑人，當上了總統。」

美國、黑人、總統，這三個關鍵字，小木只聽懂「黑人」。他問：「你是說，歐巴馬是你們那個時代的黑人？」

「對。他曾經當上總統。總統，就是有點類似皇帝那樣。」雖然這比喻不倫不類，我的大腦暫時只能運轉出這答案。

「黑人我們也有，長安城裡偶爾會遇到崑崙奴，膚色黑，通水性。據說主人的寶物要是掉到水裡去了，他們可以幫忙撿回來。」

我想，歐巴馬並不是要跳到水裡幫忙撿誰的寶物的那種「崑崙奴」，不過，如果美國的金融經濟也算是一種寶物的話，那他大概很需要跳下水去。但這顯然不是重點，因為就算他願意跳下水去，此刻也無法帶我脫離一望無際的沙、沙、沙。我又問：「所以，花爺爺和李白、杜甫、高適都很熟嘍？」

「大家萍水相逢，也算是有緣吧。」小木很認真的解釋著：「這位高適爺爺，一直懷才不遇，二十歲時就到長安，打算一展長才，卻苦無機會，他只好當個農夫，養活自己。」

懷才不遇？這點倒跟老爸滿像的，看來高達夫這名字不太吉利。我有機會得跟老爸說說。

「那後來怎麼又會遇到花爺爺？難道花爺爺也是農夫？」我問。

「高適爺爺一直沒有放棄報效國家、安定邊疆的心願。所以他自願從軍，沒想到卻看透了軍中的黑暗面，而且戰爭沒成功，他只好又返回宋中，繼續一邊種田、一邊寫詩的生活。」

這麼坎坷啊。我看，要是高老先生再開間民宿，命運就跟老爸太像了，真是聽得我膽戰心驚。小木繼續說：「後來，高適爺爺的詩，也漸漸有名了。寫東北邊境戰爭的詩作，尤其出色。跟我家爺爺，還有李白、杜甫他們結識後，還結伴一起去了幾個地方遊山玩水。更棒的是，前些年，他考上了官職……」

雖然，我很認真的希望聽清楚，「更棒的」到底是什麼，但是熾熱的天氣將

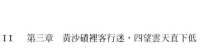

我晒得整個人發昏，小木的話語，已經漸漸飄散融化在熱氣之中。忽然，我發現事情有了轉機，興奮的指著前方，「你看，有一片好大的池塘！」彷彿感覺到水氣將撲面而來，我們可以在那裡泡泡水，消消熱。

「別傻了！那只是海市蜃樓。」小木笑著說：「黃沙磧裡客行迷，四望雲天直下低。看來，你就是岑參詩裡所寫的那個迷途過客呀。」

這時，我發現自己真的有些神智模糊了。

太陽晒得我全身沒力，加上我本人油滋滋的，簡直是一塊沙漠中移動的九層糕。我一想到，還要在這片望不見盡頭的沙漠裡走上好幾天，就忍不住背脊發涼。我，也未免太倒楣了吧！

【邊塞朗讀者】

〈過磧〉 岑參

黃沙磧裡客行迷，四望雲天直下低。
為言地盡天還盡，行到安西更向西。

【現代翻譯機】

在浩瀚無垠的沙漠裡，旅人屢屢迷失道路。倉皇四望，卻只看見滿布著雲的天空顯得好低，幾乎要直壓下來。感覺上，天地都已經來到了盡頭，然而，走過安西都護府後，還要繼續往西，才會到達我要去的龜茲。

【英雄啟示錄】

創作時，「生活經驗」是非常重要的。本詩作者岑參，有著唐朝詩人少有的中亞生活經驗。本詩所描寫的這一片沙漠，介於今日的哈密與吐魯番之間。對唐朝人來說，安西（吐魯番窪地內的交河故城）已經是非常邊疆的地方，卻還不是詩人的終點，他還得繼續往西走，到達龜茲（現在的庫車）。那是何等荒涼的心境，也盡現於詩中的「迷」、「低」、「盡」等關鍵字。詩人成功、巧妙的將煩悶的邊疆行旅，轉化為令人感到別開生面的題材。由此可知，不要排斥讓自己的生活經驗更豐富，因為任何經驗都有可能成為提筆創作時的靈感觸發。

羌笛何須怨楊柳，春風不度玉門關

他可能會寫一首詩，
感謝一個來自二十一世紀的少年？

真倒楣。

我真沒想到沙漠不是好惹的。我更擔心，要是不小心從馬上跌下來，事情會變得更為複雜。所以我努力睜著眼，不理那片該死的「海市蜃樓」。

小木要我補充一點水分。好希望能在樹下歇一會兒，但是沙漠裡並沒有能遮蔭的樹。荒漠上看不見飛鳥，更別說什麼小動物了，只有在黃沙的中間，偶爾出現一、兩片白骨——我馬上阻止自己往下想，那到底是人骨？還是馬骨？只希望我不會變成那樣，不然小木就可以把我煮成一碗豚骨拉麵了。嗚……

我試著讓自己專心，我們吃了點食糧，補充體力後，我又問小木：「高老先生的故事，你好像還沒說完。」

其實我也不記得他說到哪裡了。

「喔！」小木一臉覺得我居然還想再聽的樣子，難道他不知道我真的很無聊嗎？況且我也很想知道跟老爸同名的老先生，到底有著怎樣的人生。小木說：「高適爺爺就在他五十歲那年，考上了一個官職，可惜，後來他發現那是一個很小、很小的官。官位小也就算了，還得逢迎上頭的長官。他擔任這個封丘縣尉時，曾經奉命送兵到薊北，看到邊疆的軍隊沒有被好好管理，皇帝又對安祿山姑息養奸，感到很灰心，就決定把官辭了。」

看來這個高老先生真的跟老爸很像。老爸在報社也是看這不順眼、看那不順眼的。一下子嫌領導者無能，一下子嫌媒體太嗜血，一下子嫌讀者太庸俗，唯一的差別大概是：高老先生是自己把官辭了，而老爸則是被裁掉了。「所以，他又再度回家種田嗎？」

「不，」小木喝了口水，說：「可能因為之前表現得不錯，高適爺爺被推薦進入哥舒翰將軍的幕府。安祿山作亂之後，皇帝派哥舒翰守潼關，本來可以靠著地形的優勢死守，皇帝卻想要快點把戰事結束，便強迫哥舒翰將軍帶著二十萬大軍出關作戰，最後以失敗收場。後來，太子李亨居然自行宣布登基當皇帝，高適爺爺衡量情勢後，決定去鳳翔向新任皇帝報告戰敗的原因，皇帝很欣賞他，還幫他升官。」

看來，高老先生的命運和老爸是愈來愈不同了。連我這麼樂天知命的胖子，也忍不住嘆了口氣，再問：「既然如此，我們送信給他的原因又是什麼？」

「這故事有點複雜，你確定你要聽？」小木問。

我趕緊點頭。愈複雜愈好啊，拜託，我們可是在沙漠裡，又沒有帶 iPod，也沒有大餐可吃，更沒有我最愛的銅鑼燒和可樂，不聽點故事解饞，怎麼度過啊？

「剛剛不是說到潼關戰敗後，太子李亨自行宣布登基嗎？」小木像個說書人般，口條清晰，聲音爽亮，「沒想到，他的弟弟李璘很不服氣，也想弄個皇帝來當。剛好那時李白在廬山隱居，李璘就邀請李白參加他的幕府。」

「這就是所謂的兄弟鬩牆？」想不到我也說得出有學問的話吧。嘿嘿。

小木難得對我所說的話語點頭稱是，他又說：「潼關戰敗後，高適爺爺原本擔任江陵長史的工作，他判斷李璘的叛亂不會成功，所以，才決定投靠新皇帝，也就是原先的太子李亨，並詳細為李亨介紹江東形勢，讓他很快就能掌握戰局。」

「啊！」我彷彿想通了什麼似的，「那他和李白，不就分別屬於敵對的陣營嗎？」

「你很聰明嘛！」小木第一次肯定了我這位來自二十一世紀的胖子，真開心啊。「最後，李璘果然打輸了，李白也跟著去坐牢。所以，爺爺才要我們幫忙送這封信給高適爺爺，他現在的官位高，或許願意動用他的力量，幫一幫李白。」

天啊。我的心臟跳得好快。英雄在下我，平生沒接受過拜託，想不到第一次下海，就是參與這麼偉大的事件！真是太緊張了，要是高老先生答應幫忙，李白應該會超級感謝我吧？

他可能會寫一首詩，感謝一個來自二十一世紀的少年？

喔，光只是用想像的，就已經太酷了。

我這個不上不下的英雄，可要在唐朝大大出名啦。因為太亢奮，我突然覺得沙漠其實也沒那麼熱了，喔，不，待我定睛一看，原來是天黑了！剛剛太專注聽小木說故事，都沒注意到其實天快要黑了。天一黑，整個溫差丕變，如果有翻臉如翻書電視冠軍比賽，我一定要幫沙漠報名！真的是，冷死我啦。

小木倒是很幽默，拿出了麵餅和水，「晚餐時間到了。」嗚，接下來幾天，都只能吃麵餅和水吧。我心裡感到有些哀怨，但一想到李白可能會寫一首有關我的詩，虛榮心馬上又被餵得飽飽的。

話雖如此，肚子還是空空的，晚餐還是得吃。吃過後，我們就在冷得要命的沙漠中，披上小木預先準備好的皮裘，抵禦寒冷。我們背靠著背，一抬頭，才發現滿天的星星，好燦爛。比我在花蓮看過的星空還要燦爛。

根據小木的說法，我們抵達玉門關之前，會經過五座烽火臺。聽見關鍵字的時候，我的耳朵忍不住動了一下，「你是說，『春風不度玉門關』的那個玉門關？」

「你居然知道？」小木嚇了一大跳。

「我只是覺得這個句子很熟啦，到底是什麼意思我其實不懂。」我坦白從寬。

「王之渙的〈涼州詞〉，大家都會背：『黃河遠上白雲間，一片孤城萬仞山，羌笛何須怨楊柳，春風不度玉門關』。」小木讚嘆的說：「想不到連你也聽過。」

反正四下無人，我也不用不好意思，就問：「那，到底是什麼意思呢？」

「什麼東西是什麼意思？」小木大概累了，默契指數降低。

「就是『春風不度玉門關』啊。」我猜測的問：「是指春風不肯吹過玉門關？」

「你看，你真的很聰明呀。」今天是怎麼了，又一次被小木稱讚？他說：「將要出塞的心情是多麼淒涼，羌笛又何必奏起〈折楊柳〉這麼哀傷的調子？要知道，春風，從來就吹不到玉門關外啊！」

「容我再問一句，」我真的很怕「聰明」兩字會離我而去，「出塞，是要去哪裡？」

「出塞，就是到塞外，也就是我們所在的這一片沙漠啦。」小木沒好氣的說。

我懂了，原來是沙漠。那果然很淒涼、很哀怨。我完完全全能夠體會。

體會歸體會，信，還是要送的。不然李白就沒機會感謝我了。

我閉上眼睛，準備讓自己在寒風中入睡。現在真的管不了什麼春風啊，楊柳的。先找到高老先生本人才是重點。

喔，不，先脫離沙漠本身才是重點。

【邊塞朗讀者】

〈涼州詞〉二首其一　王之渙

黃河遠上白雲間，一片孤城萬仞山，

羌笛何須怨楊柳，春風不度玉門關。

【現代翻譯機】

舉目西望，黃河竟像自白雲之間流洩而下。在高聳的群山之中，只有一座孤城戍守著邊塞。羌笛何必奏起〈折楊柳〉這類哀傷的調子，埋怨楊柳不發、春光遲來？要知道，春風，從來就吹不到玉門關外啊！

【英雄啟示錄】

量詞的使用，是文章裡畫龍點睛的關鍵。最粗糙的用法，往往什麼都籠統的歸類為一「個」。事實上，中文裡有非常多優美的量詞可以挑選，一「把」鹽、一「抱」書、一「行」白鷺、一「紙」公文、一「帖」藥、一「罈」酒……這些，其實都反映著生活的細節。倘若能精準的使用量詞，除了增添詩意，也可感覺出創作者的精細程度。本詩中提到「一片孤城」和「萬仞山」，除了在視覺上有非常強烈的對比，一「片」孤城彷彿將凋零的葉子；而萬「仞」山的「仞」是古代度量衡，一仞大概七尺或八尺，這裡純粹為誇飾的使用，用來比喻非常高的樣子。

射人先射馬，擒賊先擒王

我們想辦法把他們那個帶頭的敲昏，其他嘍囉就不敢不聽我們的。

真倒楣。

麵餅早就吃膩了，星星也差不多看膩了，我們終於離開沙漠，踏入了大名鼎鼎的玉門關。當我看見街上的行人，還有滿街的「幌子」，也就是酒店用來招徠顧客的布旗，真有一種重返人世間的感動！原本我打定的主意是，趕快先找間小館子，吃一頓熱騰騰的食物，這樣才對得起自己……的胃。但是，這個美妙的主意還來不及實現，我們就遇上了搶劫。

別擔心，不是搶我和小木啦。雖然英雄在下我，長得濃眉大眼、心寬體胖，

看得出來是個好人家的孩子；而小木，斯文俊秀，談吐有禮，看得出來也是個好人家的孩子，不過，可能剛剛經過大漠的「洗禮」，兩個人都挺狼狽的。我本來還勉強稱得上白嫩，現在則完全是黑豬一隻。偏偏，走在我們前頭、有一位看來像富家少爺的，大概被搶匪給盯上了。我還邊打呵欠、邊跟小木說著一些言不及義的話，一個沒注意，忽然就有幾個人將富家少爺團團圍住，我和小木趕緊躲到樹木後邊，伺機而動。

「要錢還是要命？」其中一個看起來像小弟的，說出這句話，害我差點笑場，因為，這麼老梗的臺詞，唐朝人也愛用喔？

那個富家少爺似乎有點嚇呆了，說不出話來。圍住他的其中一個人，拎起他的衣服，把拳頭湊到他的臉前，「裝傻啊你？以為不說話我們就會放過你嗎？」只見那位少爺結巴的說：「我、我、我、我……」

旁邊一位像是「大哥」的，無事人一般搖著他的扇子，似乎旁人都在等待他一聲令下，來決定下一步。

「射人先射馬，擒賊先擒王，」小木低聲對我說：「還是，我們想辦法把他們那個帶頭的敲昏，其他嘍囉就不敢不聽我們的。」

真看不出來，小木是個好樣的。如果我不說好，豈不顯得我很沒種？這樣，豈不辜負我叫做「英雄」？但是，萬一我們沒有順利把帶頭的那位敲昏，他們就會發現我們，然後把我們一併抓起來敲昏，那該如何是好？

我正千頭萬緒，拿不定主意，事情的發展卻出乎意料。

眼見那幾個小弟已經失去耐心，一邊叫富家少爺別「敬酒不吃，吃罰酒」，一邊摔了幾個巴掌在他的兩頰，忽然，有一位老先生，從酒館裡慢慢走了出來。

他對著那幾名混混說：「手下留人。」

我和小木著實捏了一把冷汗。因為，老先生看起來年紀不輕了。除非他是真人不露相的武林高手，要不然，是要去當「肉包」嗎？不妙，不妙。

果然，那幾個人冷笑一聲，「你哪位啊？」臉上明顯寫著「老人家不要多管閒事」這九個字。小木因為臨時找不到石頭，已經把堅硬得跟石頭差不多的麵餅握在手中，隨時準備丟出。

這時，老先生淡淡一笑，說：「我就是寫出『洛陽親友如相問，一片冰心在

玉壺』的人。」

這下可死定了。他跟強盜說詩幹麼啦，又不是對孫悟空唸緊箍咒！難道這幾個地痞流氓會聽得懂嗎？沒想到，人生真是充滿「沒想到」跟「剛好」——正當小木在我耳邊輕輕說出「王昌齡」這個名字，我們竟然看見，那幾個壞蛋，馬上放開了富家少爺，還對著老先生行九十度的鞠躬禮，「失敬！我們真是太失敬了！」那個帶頭的一使眼色，幾個人飛快的離開了現場。

那位富家少爺，感激涕零的對著老先生下跪。

再一次，我被唐朝嚇了一跳。不，正確的說，是唐朝的人。不，更正確的說，是唐朝的詩人。如果艋舺的兄弟打群架，有個人想勸架，對著他們說：我就是那個寫了「我揮一揮衣袖，不帶走一片雲彩」的人，想必，會被當成是個精神失常的臨時演員，然後被不分青紅皂白的痛毆一頓吧！

我們從樹下離開，小木一臉滿足，好像他剛剛見著了偶像，有一種「賺到了」的感覺。然後，我們如願找了間館子，吃了餐像樣一點的東西。說來真不好意思，肚子一吃飽，我就有一種「啊，活著真好」的快樂。在小木的堅持下，我們

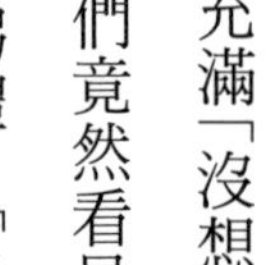

也找了間客棧沖過澡，將自己梳洗乾淨。

終於，可以去見那位高適爺爺了。

我們拿著花爺爺給的地圖，按圖索驥來到他的官邸。經過層層通報，有人帶著我們來到一個房間。收信者就坐在裡面，我和小木終於可以卸下郵差的角色了。但是，恕我失禮，這位跟我老爸同名的「高適，字達夫」，看起來跟其他的古人實在沒有不同。如果把他跟孔子、孟子都放在一起，我一定無法分辨，還好考試並不考「人臉連連看」。

我們被安排在一間看起來很氣派的房間裡，坐在兩張看起來很高級的座位，桌上擺著看起來很高雅的點心。高老先生顯然已經知道了小木的來歷，他問了花爺爺的近況，以及我們一路上是否順利？我才正想大吐苦水，包括什麼沙漠啊，搶匪啊，小木卻只是客氣的說：「謝謝高爺爺關心，我們一路都很平安。」說著，就拿出了他懷中藏好的信，也是此行最重要的目的。

「我家爺爺交代，把信轉交給您之後，要請您立刻拆閱。」

高老先生微笑點頭，將信拆開，邊說：「你們先用點茶點，別客氣。」便慢慢的讀了起來。讀完後，又再一次微笑點頭，沒有特別說些什麼。

我雖然不知道花爺爺到底寫了什麼，卻看得出來那是一封很長的手寫信，內容應該就是小木告訴過我的那些吧。

然後，高老先生關心詢問我們在城內是否有住宿的地方？回程狀況如何？小木都一一回答。我看他一直微笑，小木也一直微笑，心想：李白大概有救了。喔，那李白應該就會寫一首詩來感謝我了吧？我如果有機會再回到二十一世紀，一定要馬上衝去書店買一本李白的詩選，看看他到底寫了什麼！

【邊塞朗讀者】

〈前出塞曲〉九首其六　杜甫

挽弓當挽強，用箭當用長；射人先射馬，擒賊先擒王。

殺人亦有限，列國自有疆。苟能制侵陵，豈在多殺傷？

【現代翻譯機】

要用弓，當然用強而有力的弓；要使箭，當然選擇較有利的長箭。要對付敵人，先射擊他的馬；要抓賊，就先抓住他們的首領。殺人應該有所節制，就像各國都有自己的疆界。只要能阻止敵人的侵犯就好，難道戰爭是為了要濫殺無辜嗎？

【英雄啟示錄】

論說文該怎麼寫？自然有許多作法，其中一種便是所謂的「先揚後抑」。一般詩作裡較少議論，然而杜甫的這首〈前出塞曲〉是個異數。整首詩，前四句看似教導如何練兵用武、克敵制勝，到了後四句，話鋒一轉，所要述說的重點卻是反對貪婪與無必要的殺伐，清楚的表現出何謂「止戈為武」。在闡論觀點時，透過這樣的鋪陳，使得說法有了層次，也使論述本身更具說服力。

葡萄美酒夜光杯，欲飲琵琶馬上催

看來，我們現在只少了一組彈奏琵琶的樂隊。

真倒楣。

離開高老先生的官邸，我還沉浸在任務成功的喜悅之中，心情好得簡直要哼起歌來。我甚至開始思考老媽的哪個愛團比較適合表達我現在的心情，是要挑那個神經兮兮的 Yeah Yeah Yeahs，還是要選另一個俏皮一點的 Athlete？

沒想到，我們才一上路，小木就嘆了口長長的氣。

我拍拍他的肩膀，「怎麼啦？我們成功完成任務了耶。高適爺爺一定會想辦法幫李白的。」我沒說的是，然後，專屬於英雄在下我的詩，就要誕生啦。

「怎麼說？」小木又嘆了口氣。

「你沒看到他一直保持微笑，」我趕緊解釋，「一副就是『沒問題，這種芝麻大的事兒，包在我身上』的表情。」

「你錯了。」小木第三次嘆氣，「我家爺爺告訴我，如果看過信，他什麼都沒有說，也沒有提到信中的事，就代表他不打算處理這件事。」

「蝦密？」我大吃一驚，「那他還這樣對我們噓寒問暖？還一直對你微笑？」

「你很傻耶，」小木說：「我們大老遠的來，他當然關心我們呀。出發之前，爺爺就告訴過我，這件事失敗的機率很大，畢竟，高適爺爺和李白是站在完全不同的兩邊。」

「可是、可是，他們不是好朋友嗎？」我急了，「你不是說，他們還一起結伴去了好幾個地方遊山玩水？那代表他們感情很好啊！」

小木無奈的笑了一笑。我突然覺得非常難過——原來，還有比「邊邊」更悲傷的地方，就是站在不同的「兩邊」。即便再好的朋友，只要站在了對立面，就不能再回到過去的情誼了嗎？我忍不住想像，如果我是高適爺爺，我會怎麼做？

從小，我就不是那種擁有很多朋友的人。

身為一名「資深」的胖子，常常使我站在「邊邊」，看著那些比我漂亮、比我聰明、比我善良、比我有趣的人，和那些跟他們一樣漂亮、聰明、善良、有趣的人，成為好朋友。他們交換小點心，一起去上廁所，下課約了去吃炸雞，到彼此的家裡過生日，考試前幫對方複習考題，代傳紙條給朋友喜歡的人，有人跟老師打小報告時會站出來為他反駁……雖然，偶爾也會感到一點點寂寞，不過，就像我每次在家裡跌倒，老媽就用巧克力哄我：「乖，吃點巧克力就不會痛了喔。」我要是有點寂寞，就吃點什麼、再吃點什麼，把自己填得滿滿的，就不寂寞了……

不誇張的說，我的第一個好朋友，應該是小木吧。

這個全唐朝最善良的男孩。

如果小木發生了什麼事，而我有能力幫他，我會選擇保持微笑，不聞不問嗎？即便我們當時身處完全不同的「兩邊」？

想到這裡，我忽然很激動的抱住小木，「你放心，我絕對不會見死不救的！」

小木有點尷尬的躲在我的擁抱之中，「英雄，你……還好吧？」

我才忽然醒覺，喔，搞什麼，需要被拯救的是李白，並不是小木。小木人好好的騎著馬，正準備帶我離開玉門關，穿越沙漠，回家。

等等，沙漠？天啊，我都忘了，要回到交河城並沒有別的道路，既然我們穿越沙漠而來，也唯有再次穿越沙漠回去。真的是，太、可、怕、了！

一路上，雖然已經做好心理準備，還是好希望有一班飛機直接載我們飛越沙漠喔，要不然，不是有「坎兒井」嗎？皇帝那麼愛打仗，應該派人來挖一條地道，這麼多「出塞」的人，就不用再忍受經過沙漠時，白天瘋狂的熱和夜晚瘋狂的冷了。但也許是回程了，不知怎麼，似乎快得許多。當我們再度出現在交河城外圍，看見那久違的高高城牆，我竟湧起一股回到故鄉的喜悅，難道，我真的變成邊疆的一份子了？

很罕見的，花爺爺居然有訪客。據說也是個有名的邊塞詩人，叫做岑參。他在附近的北庭當節度判官。看起來比花爺爺年輕一些，樣子也清秀一些，就像個讀書人。當我們到家，他剛好要告辭了。對我們點頭致意後，就離開了。

花爺爺說，岑參發現了一組很難尋得的夜光杯，特地前來贈送給他，答謝前些年他在安西都護府當掌書記時，花爺爺的照顧。

聽小木說，這位岑參，其實從前家裡有三個長輩都做過丞相。後來，家道中落了，他便一直徘徊在求取功名或是退隱江湖之間。

「為什麼？」我忍不住問，「他家不是有人當過丞相？照理說，應該對他也會有一點幫助？我是看我們很多政治人物的兒子，後來也都從政啦。」

「你忘啦，」小木說：「政治是很現實的。他的祖先因為犯罪所以被殺了，其實對後代子孫的仕途也或多或少造成影響。」

我沒忘。政治是很現實的。高適爺爺和李白便是站在完全不同的兩邊。

「不過，後來他以第二名考上進士，而且一共有兩次出塞的經驗。因為他到了邊疆，看見太多奇特的風景和中原大不相同，就寫了很多有關天山、沙漠、火山，甚至雪蓮花的詩。」小木興奮的說：「據說他的詩，每次只要一完成，就馬上有很多人抄寫、傳誦開來，不管是讀書人還是一般老百姓都喜歡，就連住在邊疆地帶的人，也會背呢。」

這已經完全不令我驚奇了，甚至還覺得滿理所當然的。

唐朝嘛。

雖然，我們並沒有成功達成任務，花爺爺還是好高興我們的平安歸來，他其實擔心我們是否有辦法撐過大漠？但又不得不試圖幫李白傳話，因此，才咬著牙請我們走這一趟。為了慶祝我們回來，花爺爺烤了隻全羊，甚至拿出岑參送他的夜光杯，「既然有了這麼美的杯子，我們就用它來喝好喝的酒吧！」

小木本來還有點遲疑，花爺爺卻笑說：「傻孩子，杯子就是拿來用的，如果只能看、不能用，還叫做杯子嗎？」

於是，我們三個人，開心的啃著香氣四逸的羊肉，搭配當地人自己釀的酒，舉起珍貴的杯子乾杯。半透明的杯子，好美。

「葡萄美酒夜光杯，欲飲琵琶馬上催。」花爺爺笑說：「看來，我們現在只少了一組彈奏琵琶的樂隊。」

「欲飲琵琶馬上催？」我又聽不太懂了。

「將士們正要拿起酒杯喝個痛快，騎著馬的樂隊，剛好就奏起了動聽的琵琶

聲。」小木為我解釋著。

「哈哈我還以為他們要把琵琶喝下去。」我大概醉了。

「『欲飲』是銜接上一句的『葡萄美酒夜光杯』，這也是詩裡面比較活潑的使用方法。」花爺爺又補充說明。

我們邊吃邊聊，聊沿途中遇到的事，還有沙漠的可怕，直到半夜，才各自回房睡覺。可能我真的喝了太多葡萄酒，走回房間時，整個人感覺輕飄飄的，好開心呀。可惜，腳步稍微有點不太穩，眼看著床鋪就要到了，還差一步，睏意卻已經塗滿我的眼睛……於是，「咚」的一聲，我倒到地上睡著了。

【邊塞朗讀者】

〈涼州詞〉二首其一　王翰

葡萄美酒夜光杯，欲飲琵琶馬上催。
醉臥沙場君莫笑，古來征戰幾人回？

【現代翻譯機】

由白玉所精製的酒杯，斟滿了西域盛產的葡萄酒；將士們正要舉杯痛飲，騎在馬上的樂隊旋即奏起動聽的琵琶。如果我喝醉了躺臥在沙場上，請您不要見笑；畢竟，自古以來，出征作戰有幾人真能返回？

【英雄啟示錄】

這首歌詠邊關情景的名作，一鏡到底，酣暢痛快，描寫邊疆特色的美酒與酒器，整個帳篷旁騎著馬的樂隊，彈奏琵琶的情景，都深具大漠風情。前兩句寫景，後兩句轉為細剖戰士心聲：面對死生未卜，唯求此刻一醉。畢竟自古以來，只要是戰爭，無

法從戰場上返回的機率總是很大的吧！

最值得玩味的正是最末一句：「古來征戰幾人回」，有人視為悲傷，有人卻認為是一種曠達的自我解嘲。這就像寫作時，若能巧妙的使用「開放性結局」，也能使尾聲無限擴大，讀後餘味不散。

醉後未能別，醒時方送君

我們不要避諱談論死亡，
因為，無常才是唯一的恆常。

真倒楣。

昨夜大醉一場，當我睜開眼，竟發現自己睡在地上——不在小木家裡，而是學校保健室裡的地上。冰冰涼涼的。原本我手腕上停住不動的手錶，又開始走動了。指針移動的聲音好大聲。

又回來了。二十一世紀。

雖然已經有過一次經驗，但是當它再度發生，還是覺得好不真實。我望著自己身上的體育服，顯然我還沒有脫離那一節足球課。走到窗口，看著遠方操

場上，正喧譁的踢著球的同學，刺眼的陽光照亮了樹葉，閃出一點小小的金色，一切顯得如此不可思議。

我還能再回去嗎？回到唐朝？我為什麼還要回去？去那裡當一個來自未來的唐朝人，對我來說，是好事嗎？又或者，繼續在二十一世紀，當一個曾經去過唐朝的人，才是好事？

在唐朝的時候，很久沒看電視，好像也沒那麼想看了；很久沒用電腦，好像也沒那麼想用了；很久沒喝可樂，好像也沒那麼想喝了。可能因為有小木這個好朋友，陪我看很多新的事物，日子才不會那麼無聊吧？

我不想再回到足球場了。不光是討厭太陽晒在身上熱熱辣辣的感覺，而是心情上，好像還沒有真正離開唐朝。在唐朝待了那麼久，我突然有點不知道該怎麼跟二十一世紀相處。因此，在下課鐘聲敲響之前，就先讓我待在保健室裡發呆吧。

我躺回床上，望著枯燥的天花板，想起交河城的日子。想起昨天晚上，我們邊吃、邊喝、邊聊，那愉快的場景。我記得，不知道為什麼，花爺爺突然說：

「如果有一天爺爺先走了，小木一個人該怎麼辦？」

小木聽了一愣，趕緊說：「爺爺，您在瞎說些什麼。您身體這麼好，一定會陪我到很老、很老的！」

花爺爺哈哈大笑，「生、老、病、死，是我們都會歷經的過程。爺爺不例外，小木和英雄也不例外。其實這樣才好啊，不朽才可怕。」

「可是我希望您一直陪我。」小木難得表現出感性的一面，「您不陪我，我就只剩一個人了。」

咦，不對吧，還有我啊。我想這樣對小木說。想想也不對。萬一哪天我又跌回二十一世紀，他真的就只剩一個人了——就像現在，我不是又跌回來了？

「我們不要避諱談論死亡，」花爺爺說：「因為，無常才是唯一的恆常。與其毫無準備就離開，不如先想一想，萬一爺爺離開了，你該怎麼辦？」

說的也是。總不會像唐三藏那樣，就去出家當和尚吧？小木雖然沒有上學堂，但是在爺爺的教導之下，學識也很好，我於是問：「小木會想要像那些詩人一樣，考試、當官嗎？」

小木搖了搖頭。

花爺爺笑著看他，「原來我們家小木不想考科舉？」

小木淡淡的說：「我對當官沒有興趣。政治的事情太複雜了，我比較喜歡生活中有趣的事情。」

「比方說什麼？」我問。小木總不會告訴我：「我不知道我喜歡什麼，只知道我不喜歡什麼。」那就沒搞頭了。

小木想了想，說：「比方說，我喜歡做飯，看見別人吃了我煮的東西感覺到滿足的樣子；我喜歡為別人服務，看見別人因為自己的付出，而獲得幫助，那種由衷感謝的樣子，很美麗。」

哇，不是我誇張，小木的想法，好像滿時髦的，很像日本偶像劇裡面的主角會說出的對白。我聽了，靈機一動，「要不要開間民宿呢？」

「民宿？」花爺爺和小木異口同聲的反問。

「對啊。」我看時機好像不錯，識時務的我，鼓起勇氣告訴花爺爺，我其實來自「未來」，並且一口氣介紹了我到目前為止「雖然短暫但應該相當精采」的生平，然後，把老爸和老媽的事也都抖出來，最後，就很理所當然的介紹了我家的民宿——「邊邊」。「當然，我只是隨便提議啦，因為我發現，這個房子其實還有很多空房間，如果把它們稍微整理一下，讓遠道經過塞外的商隊，有機會可以住，價錢訂得比客棧低一點，而且還提供晚餐或早餐，並且強調家庭風味，你們覺得有沒有可能呢？」

呼，胖子說了一長串話，還真有點累。於是我有點心虛的，拿起酒杯擋住我圓圓的臉，擔心會被花爺爺訕笑。沒想到，花爺爺和小木異口同聲的說：「好像不錯喔。」花爺爺還邊捻著他的鬍鬚，邊點頭。

「不過，」小木拿起一塊烤得剛剛好的羊腿肉，給花爺爺，「爺爺現在還算健康，全身發痛的怪病也有起色，我們再慢慢規劃吧。」

「也好。」花爺爺完全沒有被我來自未來一事嚇到，反而覺得很有趣，他說：「我們可以跟英雄請教一下，看看未來的人是不是有什麼更聰明的做法，可以借鏡。」

唉唷，還跟我「請教」哩，那怎麼好意思呢。而且我又沒帶鏡子，是要怎樣

「借鏡」，真糗。

胡思亂想之間，這堂似乎怎麼也過不完的體育課終於結束了。鐘聲響起，我回到教室，看到久違了的黑板、課本、鉛筆盒，剛好蝦帥拿了一罐運動飲料走進來，不知為什麼，我開口問他：「你知道天山在哪裡嗎？」

「天山？」蝦帥擠了擠他的濃眉大眼，「不是在新疆嗎？問這幹麼？」

「喔，沒事。」我居然去了新疆，而且是唐朝的新疆。

手裡握著自動鉛筆的感覺好陌生，當我在筆記本上寫下老師新教的英文單字，腦中還是沙漠裡一望無際的沙、沙、沙。然後，非常詭異的，我居然非常想要再嚐一次麵餅的滋味。

放學了，我騎著單車，還不想馬上回家，於是彎到花蓮港去。

花蓮的風，吹起來和交河城的完全不同。好多綠樹，路的盡頭，就是一望無際的海。我想起昨天我們吃著烤全羊時，因為喝了好多酒，花爺爺提起來拜訪他的岑參，寫過兩句詩：「醉後未能別，醒時方送君。」

「什麼意思呢？」我邊吃著小羊排，邊問。

「朋友們將要告別彼此，卻因為喝太多，喝了個爛醉，根本沒有來得及好好話別。」花爺爺是這麼解釋的。

我想，寫詩的人絕對沒有想到，也有一種「醉後未能別」，是因為像我這樣，糊里糊塗喝得太多，結果癱倒在地上，就摔回了二十一世紀……

海好藍、好大。風鼓脹起我的衣服，我停下單車，將書包斜背在身後。忽然想起，小木應該從來沒有看過海吧？望著月亮即將升起的大海，不聽話的眼淚，靜靜的，從我的眼眶裡逃了出來。

【邊塞朗讀者】

〈醉裡送裴子赴鎮西〉 岑參

醉後未能別，醒時方送君。
看君走馬去，直上天山雲。

【現代翻譯機】

餞別時因為痛飲過度而爛醉，無法與你好好話別。直到你都已經要上路了，才被匆匆喚醒，送你離開。也許是酒意未消，看著你騎馬遠去的背影，竟好像一路直直向天山雲霧裡而去。

【英雄啟示錄】

詩歌語言裡，一項很重要的元素，就是「曖昧」。也就是說，並不透過說出來的話，來表現重點，反而是透過說出來的話，來暗示沒說出來的部分。透過這種「曖昧」，詩歌才有了閱讀時的暗香浮動之感。就像此詩中，岑參雖然只說：「醉後未能別，醒時方送君」，但何以大醉一場，想必是因為心中有著難言的不捨吧！又如末兩句：「看君走馬去，直上天山雲」，除了表現出天山崎嶇路遠，或許也是因為送別者的眼裡擠滿了淚水，而使得他的視線有了一剎那的矇矓。

第四章

在交河城，遇見百分之百的女孩

古樹滿空塞，黃雲愁殺人

就算我們只是一間小小的民宿，
也應該負起對於這個社會的教育責任。

真倒楣。

回到二十一世紀的生活，實在很沒趣。

先從老爸開始說好了。原本，他一心以為這間自己精心打造的民宿，一定會引領風騷，打敗其他那些雜七雜八的「偽民宿」。萬萬沒想到，每天晚上，我們的營業額，總是很快就可以結算出來——因為客人太少的緣故。

根據老媽實況轉播，好不容易有一對年輕情侶來投宿，他們把背包放好之後，環顧房間一圈，忍不住問：「請問，沒有提供電視嗎？」

老爸一聽，馬上火冒三丈：「電視？我們這裡左邊有太平洋，右邊有中央山脈，還需要電視？樓下書架上有一千多本書，你們都看過了嗎？難道你們大老遠來到花蓮，只為了待在房間裡看電視？」

不知情的人，還以為自己來到新兵訓練中心。

老媽趕緊賠不是，並且解釋：「其實，我們也想過，是不是應該裝上電視，但總覺得，你們大老遠來應該是想多享受一下花蓮的大自然……」

那位小鳥依人的小女友，馬上對著她的小男友嘟囔：「那我們晚上就不能看選秀節目了，今天是週末耶，而且是總決賽，很重要的……」

小男友正要展現他的「男子氣概」，老媽再度使出她「空前絕後」的笑臉，「不好意思啊、不好意思。」邊忙著以鞠躬的姿勢後退，不忘順手將老爸拉出客房，直到遠離了客人的視線之外，才開始她轟炸機一般的碎碎唸：「我早就跟你說過現代人沒電視活不下去，你偏偏喜歡挑戰大家的極限，到時候生意做不下去對我們有什麼好處嗎？你不吃飯英雄還要吃飯——」

雖然我確實愛吃飯，但我不是很清楚，為什麼在這個對話中，要把英雄在

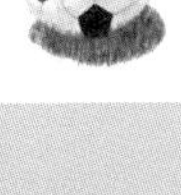

下我也拖下水。老媽話還沒說完，老爸馬上義正詞嚴的打斷她：「就算我們只是一間小小的民宿，也應該負起對於這個社會的教育責任。」

「蛤？」老媽當場傻眼，同時在心裡點播了一首 Red Hot Chili Peppers，歌詞很多髒話的歌給老爸聽，以作為對自己的心理治療。畢竟，她根本就不想待在這個什麼「邊邊」，別忘了，她的夢想是環遊世界，最好可以聽遍她的愛團（們）在每個城市舉辦的 live 演唱會。她嘆了口氣：「哎，人生真艱難啊。」

老媽下了這個結論之後，決定不再讓老爸出面接待客人，自己一肩扛下「邊邊」的業務。從接訂單、打掃、供餐、接送客人，都一手包辦。最重要的是，她用最快的速度為每間客房裝好電視，並且拉好有線電視線路，保證每個頻道都跟臺北同步，室內還提供無線上網，絕對沒有「邊陲地帶」的落伍感。

感傷的是，老爸退居第二線之後，生意卻馬上有了起色。老爸更加頹喪了。他可說是繼在報社裡被「邊緣化」之後，再度在這間民宿裡被「邊緣化」。換句話說，他本人就是一間會走動的「邊邊」。

差不多有三個月的時間，老爸就每天在那邊晃過來，又晃過去。有時候他把書架上所有的書都卸下來，用只有他才懂的分類方式，重新排列上去。有時候他整個下午都泡在院子裡，為已經沒有雜草的草地拔草。

終於，連我也看不下去了。

當他把樹下的一堆落葉弄亂，然後，第十二遍將寥寥無幾的葉子掃成一堆的時候，我搶下了他的掃把，「拜託你好不好？你看看人家高適！再看看你自己！」

「哪個高適？」老爸覺得我很莫名其妙，又把掃把搶了回去。

拜託，我身為一個胖子，難道連一支掃把都搶輸嗎？我，我，唉呀，重點不是掃把啦。他要是那麼喜歡就讓給他好了，我可以拿拖把。我氣呼呼的說：「唐朝的高適啦。」

「唐朝的高適？」老爸一臉恍神，「他，跟我，有什麼關係？」

「有！你們關係可大了，你叫高達夫，他叫高適，字達夫，也就是高達夫——平平都是高達夫，怎麼差那麼多？」

沒錯，不要得罪胖子！瞧，我的肺活量很不錯吧。聲音如此宏亮，連老爸都愣住了。老爸愣了好一會後，忍不住笑出來，問我：「唐朝的高達夫怎麼了？」

「他很衰呀，一直懷才不遇，直到五十歲才考上一個小官，」我小心避開「他被嚴重邊緣化」的說法：「可是，他都沒有放棄，最後，他終於做了大官，還寫了很多詩。不管他得意還是失意，從來沒有放棄過自己。從、來、沒、有！」

我說得有點喘，最後還加強語氣，喘得更厲害了。老爸睜大眼睛看著我，我也看著他，很堅定的眼神。其實是因為，接下去不知道要說什麼了。

老爸沉默著，好像在思考著什麼，又像想對我說些什麼，但終究什麼都沒說。隔天，我們就發現老爸又開始抱著他的筆記型電腦，寫起他那本怎麼也寫不完的小說了。

為了避免入住的房客以為民宿裡有個整天打電腦的怪老頭出沒，我和老媽口徑一致，都說他是我們這裡長期駐點的「民宿作家」，為了追尋靈感來到花蓮，並且希望藉由太平洋的湛藍和中央山脈的巍峨，讓他的寫作「更上一層樓」。

雖然這樣，很可能會在客人們詢問「請問他是哪一位作家呢？」的時候穿幫，不過老媽說：「反正大部分的臺灣作家，大多數的人都不認得。我們只要把他說得很神就可以了。well，你可以說他的文字像 Nirvana 主唱獨特的嗓音，故事情調則類似 Radiohead 般迷幻，如果他們還有意見，你就說他是臺灣文壇的U2！」

「等等，你說得太快了，我背不起來啦。」我忍不住皺起眉頭，一方面佩服老媽在這種節骨眼上，還能繼續保持她的幽默感；一方面也佩服老爸，完全不理會老媽的諷刺和來自客人的謬愛。

有幾次，甚至有人拿了筆記本要老爸簽名，老爸便大刺刺的簽上「高達夫」三個字。那些人還很有禮貌的跟他道謝。

不幫老媽洗床單或切水果的日子，我用壓歲錢，從網路上面訂了一些跟唐朝有關的書，津津有味的讀了起來。不誇張，我甚至還買了《高適岑參詩選》。

無聊的時候，我就使用電子地圖的功能，看一下交河城所在的位置——距離花蓮真的好遠喔。在我查詢到的資料中，它被稱做「交河故城」，什麼都沒有，只剩下一片黃土，和一些大石塊的遺跡。這讓我覺得很不可思議。畢竟，在我腦中的交河城，充滿著人們生活的氣息，有店家營業的吆喝聲，有軍隊，有僧人，還有我的好朋友小木，以及慈祥的花爺爺！

我不禁想起高適的詩：「古樹滿空塞，黃雲愁殺人。」如今，那片有過人煙的邊塞也已經空了，甚至連樹也沒有。不曉得為什麼，我的心，就跟那布滿密雲的天空一樣，又低又沉——唉，再繼續這樣多愁善感下去，該不會，我真的要變成詩人了吧！

【邊塞朗讀者】

〈薊門行〉五首其四　高適

黯黯長城外，日沒更煙塵，
胡騎雖憑陵，漢兵不顧身，
古樹滿空塞，黃雲愁殺人。

【現代翻譯機】

長城外的黃昏顯得如此陰暗，大地甚至揚起烽煙和灰塵。敵人的騎兵雖然憑藉著

優勢想要欺侮，大唐的士兵卻奮勇的阻擋。這一方廝殺的戰場是長滿古樹、無人居住的邊塞。大雪將至，天空黃雲密布，景象怵目驚心，使人感覺憂愁極了。

【英雄啟示錄】

一系列由高適所寫、描述東北邊境戰事的詩作，除了對軍人的生活充滿同情，也對將士的愛國精神以詩歌頌，其中這首讀來特別傷感。在昏暗的長城邊、煙塵裡拚命作戰的將士們，他們互相對峙的戰場，其實是長滿古樹、無人居住的邊塞。在創作時，「合適的場景」為我們所要講的事情鋪排伏筆，高適有意將一切氣氛壓至最低迷，藉以襯托出戰火無情的肅穆之感。

功名只向馬上取，真是英雄一丈夫

拜託，我可是走過一整片大沙漠的，
七星潭難道會嚇倒我？

真倒楣。

暑假結束了，我一次也沒摔倒，更沒有被什麼東西砸中。身為一個平凡的二十一世紀的少年，當然也沒有「買醉」的機會——雖然我去便利商店買可樂的時候，有偷偷瞄一下旁邊那一櫃啤酒啊、果汁氣泡酒的，但是跟用夜光杯盛裝的葡萄酒一比，實在遜色太多了，讓我忍不住想要驕傲的插著腰大喊：「哼！我可是去過唐朝的！」

但，我，還是回不了唐朝。

既然回不了唐朝，就不能知道後來的後來，花爺爺和小木過著怎樣的生活。我試著查詢了跟安祿山有關的「安史之亂」，也發現高適爺爺果然沒有出手救李白，卻接濟過顛沛流離的杜甫。這些古人到底在想什麼啊？實在有夠複雜的。遺憾的是，花爺爺和小木並不是大詩人，歷史上，找不到他們的故事。

這樣也好，他們的故事，至少還有我知道。

每天睡前，老爸多半還在為他的長篇小說奮戰，忙了一天的老媽在餐廳聽著她的搖滾樂療傷，她最近愛上了Turin Brakes，沒那麼吵，被她歸類為療癒系。我則躺在我的閣樓，打開新疆的旅遊書，讀著有關火焰山、吐魯番窪地、天山、大沙漠的介紹，心裡浮現一股淡淡的……「鄉愁」。

由於太希望有機會再回去一趟，升上國中二年級之後，我超珍惜每一次上體育課的時間。當大家鼓譟著要踢足球的時候，我也扯開喉嚨，跟著大喊：「足球！足球！」都說了我嗓門很大的，連蝦帥也忍不住轉過頭來看我，他的眼神流露著「是不是上次被球打到，腦袋壞掉啦？」的同情之光。

以往，我絕對能躲則躲，畢竟我是靈活的胖子嘛。現在呢，當然要撇開所有能休息的機會，當體育老師問，「陳郁傑受傷了，誰要下場替補？」

我馬上很大聲的說：「我！」

體育老師驚訝的看著我。大概沒想到一向避「足球」唯恐不及的我，竟然會主動舉手吧。

說也奇怪，小學三年級時，在學校裡吃營養午餐，每當有青椒，我一定把它挑出來。當時的導師看到了，覺得我怎麼可以「歧視」青椒，青椒會傷心的。於是，只要當天午餐的菜色出現青椒，她就會大聲喚：「高英雄，把你的餐盤拿過來。」然後，舀給我大大的一杓青椒，差不多是一般分量的三倍，然後甜美的對我一笑：「吃完拿過來給我檢查。」我每次都含著眼淚、慢吞吞的，把青椒一口一口吃下肚。沒想到，到了小學四年級，有一天，我突然發現，我愛上青椒了！雖然這個發現使我吃了一驚，但是感覺還不賴。我不光是把營養午餐的青椒全部吃光光，跟老爸和老媽上館子時，還會主動請老爸點盤「青椒牛肉」哩。

類似的「青椒效應」又在我身上發威了。

這一次，變成了「足球」。

原本只是希望能剛好再度被球踢中，藉此回到唐朝。沒想到，踢久了，發現足球還滿有趣的耶。從體育課和同學遊戲性質的踢球，最後，我主動爭取進入校隊。要知道，我可是發揮過人的「盧」功，好不容易，教練才終於答應讓我參加。因為我們並不是要去西天取經，他可能覺得隊伍中並不需要「豬八戒」這個角色吧。為了證明我真的有心，教練用不懷好意的眼神看著我，「明天早上六點，七星潭報到。」

拜託，我可是走過一整片大沙漠的，七星潭難道會嚇倒我？

我五點就起床，發現老媽也起床了，正在廚房準備給客人用的早餐。既然有早餐好吃，我當然不客氣的吃飽了才出門。

夏天還沒有真的結束，天亮得早，我騎著單車來到七星潭，校隊裡的明星球員都已經到了。大家在布滿小碎石的沙灘上一邊閒聊，一邊暖身。等教練也出現了，加入暖身，然後，就要我們沿著海岸線來回跑。

跑了不知多少趟，我早就滿身大汗，太陽也愈爬愈高，大家索性把運動背心脫了，裸著上身，只穿一條運動短褲，開始練習顛球。

每天放學後，我們也留下來加強訓練，在學校的球場練習直到天黑。然後，我和隊友會去「廟口紅茶」點杯冰紅茶，搭配又鬆又軟的西點，讚啦。偶爾嘴饞，也會忍不住在回家吃晚飯之前，先偷吃一碗泡麵，或來顆粽子。照說，我本來就比較「豐滿」，再這樣吃下去，應該會慘不忍睹。不知是否因為運動量變大的關係，我不但沒有繼續變胖，還長高、變帥（自己想像的啦）……

日子過得平淡但充實，一轉眼，我也升上國三了。

有一天，老媽在餐桌上處理豆芽，突然放下做了一半的事，望著我：「英雄，老實告訴媽，你做了什麼？」那口吻，很像電視節目主持人，希望女明星承認自己墊高鼻子或是割了雙眼皮。

「我沒有！」怎麼我的口氣也很像連忙否認的女明星，「你可以靠近一點看，全部都是真的！全部！」

「怎麼可能？」喔，老媽真是夠了，如果誇張也有電視冠軍比賽，我一定要幫她報名，「我從來沒想過 Antony and the Johnsons 的主唱瘦身成功的話，也能成為一枚型男！」說完，還不忘緊緊擁抱我，「太棒了，英雄！」

我想，我大概就像岑參詩裡說的，「功名只向馬上取，真是英雄一丈夫」。不過，我是功名只向「球」上取啦。不是我臭屁，我的球真的踢得愈來愈好了。不只控球能力強，真正使大家刮目相看的，是我的準確射門。已經好幾次，在關鍵時刻，因為我突破防守，射門得分！我想，就算我不是「黃金左腳」，大概也算得上「黃金豬腳」吧。跌破眾人眼鏡，我一路往主將之路挺進，連同為校隊的蝦帥也直呼不可思議。

這一天，我們到校外參加足球聯賽。實在沒想到連英雄在下我也有了粉絲團，在球場邊大喊：「高英雄，加油！高英雄，加油！」害我有那麼一絲淡淡的害羞，同時也抱著必勝的決心，才不會辜負教練、隊友，以及我自己。

不過，兩隊實力似乎差不多。下半場，我們落後對方一球，在第六十九分鐘，我接獲隊友禁區內回傳，趕緊抽射入網，得分！第七十三分鐘，我使勁力氣，擺脫對方的三名後衛，在角度極小的情況下，又一次抽射破網！大家的歡呼聲簡直要把我的耳朵炸掉了。眼看我們就要贏了，心裡正得意，敵隊隊員卻把握最後時間，跟我爭搶頭球，一個不小心，他的頭，狠狠撞上了我的頭——

一陣劇痛向我襲來。我扶著額頭，試著忍痛，等待裁判的判決，沒想到下一秒，強烈的暈眩像一張網子罩住了我，我先是蹲了下來，還沒有意識到該怎麼做比較好，就整個人昏了過去。

【邊塞朗讀者】

〈送李副使赴磧西官軍〉　岑參

火山六月應更熱，赤亭道口行人絕。
知君慣度祁連城，豈能愁見輪臺月。
脫鞍暫入酒家壚，送君萬里西擊胡。
功名只向馬上取，真是英雄一丈夫。

【現代翻譯機】

六月時吐魯番窪地的火焰山想必更熱了，就連交通要道的勝金口也顯得行人稀少。我知道您慣於在天山附近的諸城奔波，又怎麼會煩憂於即將見到西域的月亮。暫

時脫下馬鞍，進到酒館裡，為您西行萬里擊敗敵人而舉杯送行。因為一生戎馬，獲得了好名聲，這才是真正的英雄，真正的大丈夫。

【英雄啟示錄】

在創作時，我們必須挑選這篇作品的「傾訴對象」。對著陌生人說、對著父母說、對著師長說、對著好朋友說……因為「傾訴對象」的不同，我們的說話方式、用語、文字細節，也將隨之改變。本篇是一首特別的送別詩，既不寫歌舞場面，也不寫離情依依，而是對著知己說話，鼓舞對方，字裡行間充滿一股「我知道你做得到」的豪情。

今夜不知何處宿，平沙萬里絕人煙

我竟感覺她的五官看起來好面熟，我絕對在哪見過……

真開心！

當我張開眼睛後發現，我既不在球場，也不在球場邊的醫護急救室。我的眼前，既沒有隊友，也沒有尖叫的粉絲。而是一望無際的沙、沙、沙。

我回到唐朝了？

一陣狂風吹過，我好像看到一匹馬在我的前方，等我回過神來，才確定，我真的回到唐朝啦！心臟怦怦跳動的聲音，好大聲。我趕緊跟上前方的馬匹，一點也不敢大意。萬一我跟丟了，可就走不出這片大沙漠了。

還好因為足球校隊的訓練，我的體力比以前好多了。也還好我其實是掉落在沙漠的邊邊，走幾個小時，就能離開沙漠、回到有人煙之處。我向好心的陌生大嬸，要了一點水喝，大嬸看我一臉奔波的樣子，還順手拿了個麵餅給我，「餓了吧？帶著路上吃。」

啊，是久違了的麵餅。我興奮的咬了一口，雖然跟花爺爺做的口味不太相同，卻有著類似的香氣。吃過麵餅，有了力氣，我藉著問路，試圖往交河城前進。由於我離開了太久，其實不太確定，這一次是降落在唐朝的哪一個年代？或者，根本已經不是唐朝了呢？我還找得到花爺爺和小木嗎？

一路上，我總是順道打聽看看有沒有他們倆的消息。只是，得到的答覆通常是：不清楚、不曉得。好不容易遇到一位熱情的大哥，他笑著問我：「是否『今夜不知何處宿』？」還要我別擔心，「畢竟，這裡已經不是『平沙萬里絕人煙』。」他笑著說，常聽到附近的人們在談論，有一個叫做花姑的女孩，經營了一間很特別的客舍，就在交河城內，如果不曉得要住哪裡，不妨前往看看。

交河城？花姑？會跟花爺爺有關嗎？

我抱著滿滿的問號，繼續趕路。沒有馬兒，走路雖然費力，值得慶幸的是，路是人走出來的，只要肯走，便不怕沒路可走。終於，我回到交河城了！當我站在城牆前，看見熟悉的風景，忍不住流下淚。我想起網路上找到的那些「交河故城」照片，一片光禿禿且了無生意的模樣，和眼前的城，多麼不同。

我在城裡走啊走的，四處張望著。街道和城鎮的格局還是一樣的，但以前和小木去買點心的店家不見了，變成一間鞋店。以前有個小沙彌，喜歡站在同一條街的轉角誦經，現在失去蹤影了。以前有個漂亮的大姊，專賣些胭脂、小首飾的，也不知去處。

我慢慢來到小木家門前。我很確定它就在那個位置，但是外觀看來不太相同了，看起來就像一間……客舍。應該就是傳說中，那個花姑所開的客舍？叫我大吃一驚的是，外頭布幌子上面寫著的店家名稱，赫然是「邊邊」。

這讓我百分之百肯定，絕對是花爺爺和小木開的店。因為，知道我家民宿名字的，只有他們兩位呀。但這樣說來，花姑到底是誰？據說是位年輕的女孩，肯定不是小木的母親——況且，小木的父母親早就過世了。

我的心裡疑惑、期待、緊張、好奇、興奮，像是把這些心情都放進果汁機裡攪出來的一杯怪味道果汁。我啜飲著那滋味，踏入了位於邊疆的「邊邊」。

一進門，有幾個看起來很伶俐的小朋友在招呼客人。其中一位，感覺年紀只比我小一些，也是個男孩，親切的對我說：「客倌，請問您要投宿，還是用餐？」

「我……」我一時實在拿不定主意。萬一我千方百計回到唐朝，結果根本遇不上花爺爺和小木，那麼我回來又有什麼意義？我突然明白，人們之所以對一個時空戀戀不捨，或許並不是因為那個時空本身有什麼值得眷戀的，而是因為捨不得那個時空裡的人。

看我一個人發愣，男孩體貼的表現令人感覺很放鬆，他悄悄端來一杯茶，一碟點心，「您先歇會兒，想好要點什麼，隨時可以喚我。我叫方方。」

我跟方方說聲謝謝。他便離開到別處忙碌去了，但眼神會時不時落向我，大概是怕我沒人招呼。

我想到，我可以點一碗湯麵，邊吃邊想。但我隨即又想到，我根本沒錢哪。

萬一這間店不是小木開的，我可能會被轟出去吧。於是我招來方方，向他打探：「請問，這裡有位花爺爺嗎？或是，有個叫小木的男孩？」

方方聽我問起花爺爺，神情有點異樣，他小心翼翼的問：「請問您是？」

「我叫英雄啦。」我趕緊解釋，「之前我曾經在這裡住過一陣子。和花爺爺，還有小木一起。」

「小木？」方方似乎很迷惑的樣子。「沒有小木，這裡只有花姑。」

是的，一路上我也都只聽到花姑。「花姑把那間客舍開得真有特色。」「沒見過像花姑做生意那麼誠懇的人。」「花姑店裡的招牌烤肉，好吃哪。」我真的很懷疑是不是有人把小木藏起來了，也許就是那個叫做花姑的傢伙。但，總不會連花爺爺都一起藏起來吧。於是我問：「那麼，花爺爺還住在這兒嗎？」

方方嘆了一口氣，說：「花爺爺過世了。」

這下可好了。花爺爺過世了，一定是那個不知從哪裡冒出來的花姑，趕走了小木，自己當了店老闆。

「我還是請花姑出來跟您說明吧。」大概是見我愁眉苦臉，方方有點手忙腳

亂，丟下這句話，就一溜煙跑進房裡去了。

過了一會兒，我先是聞到一陣香氣傳來，然後是好聽的玉佩輕輕敲擊的聲音，走路的那人不疾不徐，感覺很和氣、鎮定。

應該就是花姑吧？

她從屏風後頭現身，看起來比一般唐朝的女性消瘦許多，然而一身鮮明的配色，飄飄的衣裙，仍然充滿唐朝的華麗與大膽。

當我們四目相接，在我眼前的是一張漂亮的臉。我竟感覺她的五官看起來好面熟，我絕對在哪裡見過——啊……小木！她實在長得太像小木了。難道，她是小木的姊姊？但小木從來沒跟我提過啊。

而花姑顯然也正打量著我，在彼此照面後的沉默空檔，我在她的眼裡讀到一股迷惑，好像電腦要讀取光碟卻讀不出來那樣。過了三秒鐘，她終於驚訝的、不太確定的問：「你是……英雄？」

就在那一瞬間，我明白了。

她，就是小木。

【邊塞朗讀者】

〈磧中作〉　岑參

走馬西來欲到天，辭家見月兩回圓。
今夜不知何處宿，平沙萬里絕人煙。

【現代翻譯機】

往西行的路程簡直快要走到天的盡頭，卻還未抵達目的地。離家至今，月亮已經圓了兩回。今天晚上，連要借宿的地方都沒有著落，因為放眼望去，廣闊無際的沙漠，絲毫沒有人的聲息。

【英雄啟示錄】

月亮向來是詩歌裡一個很重要的主題，李白說：「舉杯邀明月，對影成三人。」杜甫說：「露從今夜白，月是故鄉明。」王維說：「深林人不知，明月來相照。」高適說：「雪盡胡天牧馬還，月明羌笛戍樓間。」岑參在這一首詩裡，則說：「走馬西來欲到天，辭家見月兩回圓。」月亮其實是同一個，放在不同風格的寫作者的詩句裡，卻呈現出完全不同的意義。其實，不僅詩人愛用，即便到了現代，小說家也愛將月亮寫入故事場景裡。張愛玲寫道：「三十年前的上海，一個有月亮的晚上……我們也許沒趕上看見三十年前的月亮……」到了村上春樹筆下，唯有當「兩個月亮」高掛天空，我們才能確定自己走進「1Q84」年。請問，還有比「月亮」更棒的道具嗎？

相憶不可見，別來頭已斑

你應該回到你的時代，
過屬於你的生活。

真尷尬。

我和小木，喔，不，應該是花姑，終於相見了。可是他卻跑去變性？真教我情何以堪……我只是長高、變帥，但他也變得太多了吧。

聰明的花姑馬上讀出我眼中的百味雜陳，拉了張椅子坐下來，向我解釋：「我一直是女孩子，只不過從小就愛當自己是男孩。反正咱們這時代很多女生都穿男裝，爺爺也覺得，這樣對喜歡東奔西跑的我而言，或許安全一些，就由著我。」

「你是說，」我吞了口口水，「我第一次在天山見到你，你就是女生了？」我實在無法相信，雖然小木長得很俊美，但我以為他只是天生麗質，如今才知道他根本是女孩子。我怎麼會完全沒發現呢？我們相處了那麼久，還一起作伴走過大沙漠！我一定是太貪吃了，老是只關心食物。嗚……這個打擊對我來說太大了。我甚至驚訝到語無倫次的問：「那，我該叫你小木，還是花姑啊？」

眼前的女孩笑了起來，「真可愛，你還是這麼呆。叫我小木就好啦。我一樣是你認識的那個小木啊。就像你雖然長大了，不再是以前胖胖的英雄了，但我一看到你善良又窘迫的臉，馬上就把你給認出來了。」

果然，小木承認我以前是「胖胖的」了。真是的，那時還安慰我「一點也不胖」。原來是善意的謊言。

我想起方方說花爺爺過世了，趕緊確認：「我剛聽說，花爺爺他——」

小木點了點頭：「你消失之後，過了一年，爺爺還是沒能熬過那個怪病。有一天起床，本來打算出門買東西，突然就昏厥過去。在床上躺了三天，最後，呼吸慢慢停了。」

我聽著，想像那個畫面，覺得好難過。偏偏，我又不在，不然好歹也可以幫上一點忙。

「爺爺走了，我才發現，有些事情真正發生時，比用想像的還要難以接受。於是，我每天哭，食不下嚥，心裡面甚至希望會不會有什麼奇蹟發生，比方說你又一次出現，我就不會是孤孤單單一個人了……」

原來，當我在球場和七星潭賣力練習，奢望著還能再回到唐朝的時候，小木就這樣獨自承受著巨大的傷心。

「但是，你終究沒有出現。」小木抬起她長長的睫毛，看著我，「有一天我醒過來，躺在床上，告訴自己不能再這樣下去。就在那一瞬間，我想起你離開之前說的話。」

「我說了什麼？」平常廢話太多的下場，就是會忘記自己說過什麼。

「你忘了？那天，我們用夜光杯喝酒，邊吃爺爺做的烤肉，你建議，我們可以開間民宿。」

「啊——」我恍然大悟，想必也是因為這樣，這間客舍才會叫做「邊邊」吧。

「爺爺其實留下滿多錢的，足夠我生活，甚至開一間店。我想，也許你的建議很恰當，也適合我，就往這個方向努力。我將房子重新裝修，研發出與眾不同的菜單，用低價的方式讓客人們口耳相傳。」小木又說：「尤其，戰爭後多了很多孤兒，我把他們都找來，供他們吃住，讓他們在這裡工作。」

剛剛店裡頭看到的那些伶俐的孩子，包括方方，都是孤兒？花爺爺走了，小木也成了孤兒。那麼，這間「邊邊」，便是一幢充滿溫暖、互相照顧的孤兒之家。實在太好了。

「光顧著說話，你餓了吧？」小木還是這麼貼心，馬上請方方幫我準備道地的餃子湯，還騰出一個房間讓我住。「先吃點東西，我們慢慢再聊。」

我很珍惜在「邊邊」的日子。

英雄在下我，無論身處二十一世紀還是唐朝，簡直可以說：我不在「邊邊」，就在前往「邊邊」的路上。

偶爾，我也湊熱鬧，招呼一下客人。不過我笨手笨腳，完全比不上方方他們的訓練有素。偶爾，我會和小木重遊舊地：去以前遠足的坎兒井，或騎著馬再看一次火焰山。出門的時候，花姑換下女裝，穿起男裝，又變為我熟悉的帥氣小木了。可是，我的心情卻變得有點尷尬：因為心裡面已經知道她是個女孩子，好像不太能像過去那樣大剌剌的、百無禁忌的……肚子餓就大聲說出來。畢竟，在女孩子面前大喊自己肚子好餓啊，總覺得有點害羞。而且現在的小木也未免太香了吧。以前有那麼香嗎？我真的記不得了。過去的我，對食物的香味比較有印象。

這一天，小木說要帶我去新開的點心店，是她認為這城裡最美味的。一聽到有吃的，我當然眼睛發亮，馬上說：「走吧！」

沿街都有人跟小木打招呼。賣水果的老伯、賣布的大哥、賣皮件的大娘。小木也親切的跟他們寒暄聊天，然後轉過頭來，向我簡介這些人的故事與生平。那種親密的感覺，是只有好朋友之間才會有的默契。

走著走著，我們走到了城裡靠近北方的寺院群，小木突然對我說：「英雄，我想了很久……」

咦？想什麼？該不會是要對我告白吧！雖然我已經長高、變帥，但還是一個羞澀無比的少男，沒有戀愛經驗的……

小木挑了個石椿，坐下來，輕輕的說：「我真的好開心你回來。岑參的詩說，相憶不可見，別來頭已斑……」

她正要繼續解釋，我趕緊說：「我知道！就算想念，也不見得能見上一面；雖然只是分別不久，我的頭髮卻已因為太過想念出現斑白。」

小木驚訝的睜大眼。

我笑著解釋：「因為我有讀《高適岑參詩選》啦。離開唐朝之後，才發現我對這裡有著很深厚的感情。我買了很多跟唐朝有關的書喔。」

「所以，我們很幸運啊。想念著彼此，竟然還能夠再一次見面。」小木的眼眶溼溼的。她沉默了好一會兒，才說：「但是，我想了又想，其實你並不屬於唐朝，繼續待在這裡也不對，你應該回到你的時代，過屬於你的生活。」

「可是，我喜歡唐朝啊。我喜歡待在這裡——」

我的話還沒有說完，就被小木打斷。她說：「說來，真的要感謝你。如果不是你，誰陪我在天山找給爺爺治病的雪蓮花？如果不是你，誰跟我橫跨大沙漠去送信？如果不是你，我怎麼會發現，自己竟然能夠經營一間客舍，甚至還有餘力幫助別人？是你，讓我改變了。」

我從來沒想過自己能改變別人。況且，明明是小木救了我，不然我就要在天山被凍死了。

小木接著又說：「你為我做了這麼多，我能為你做點什麼？」

為什麼，我竟覺得這句話，聽起來像告別呢？我該如何讓小木知道，她已經帶給我太多珍貴的東西？

散步回到「邊邊」之後，天還未黑。小木知道我現在是厲害的「足球」小將了，她笑著說：「蹴鞠，可是我們的絕活兒呢。」

蹴鞠，就類似二十一世紀的足球。

彷彿稍早的那場談話不存在似的，小木開心的把所有小朋友都喚過來，打算來一場「蹴鞠友誼賽」。我們幾個人大呼小叫的分了隊，大家都興致高昂的聽我指揮暖身。然後，終於要開賽啦。我心想，絕對不能辜負我「黃金豬腳」的美稱，一定要踢一場好球。

比賽即將開始，小木突然指著我身後，對我說：「你看，落日。」我轉過頭去，看見遠方一枚渾圓又美麗的落日，正要降落。同時，我的眼尾餘光瞄到小木，高高飛踢起她修長的腿。「小木，你做什麼？」就在我還來不及反應的時候，一顆球，踢中了我的頭。好痛！我抱著頭，轉過身，看見小木臉上掛著一抹意味深長的微笑。那笑容裡，充滿著祝福，還有捨不得的憂傷。

我努力在意識消失之前，用力的看著她，記住她的臉。

因為我明白，這或許是最後一眼了。

【邊塞朗讀者】

〈寄宇文判官〉　岑參

西行殊未已，東望何時還？
終日風與雪，連天沙復山。
二年領公事，兩度過陽關。
相憶不可見，別來頭已斑。

【現代翻譯機】

我們身處西域的日子還未結束，卻忍不住向東邊的故鄉眺望，不知何時能歸返？這裡的景象，若不是整天的狂風與大雪，就是一望無際的沙漠和連綿的高山。為了國家的事，兩年之間你奔波不定，甚至兩度進出陽關。就算想念，也不見得能見上一面，雖然只分別一年餘，我的頭髮卻已出現斑白。

【英雄啟示錄】

邊塞生活的辛苦，和對於摯友與故鄉的想念，非親身經歷過，很難真正體會。岑參有多首詩作，贈給宇文判官；兩人同為安西節度使的部下，有相似的塞外生活經歷。他除了以詩作表達對好友的情感，另一方面，其實也是透過對宇文判官忙碌與奔波的描寫，間接反映出自己在邊疆生活的寫照。那些「不足為外人道也」的心情，唯有同樣經歷過西域寒雪的人才懂。

馬上相逢無紙筆，憑君傳語報平安

我還不確定我想做一個怎樣的大人，
因為，每一種，我都想試試看。

真微妙。

又回到二十一世紀了。而且，是小木送我回來的。我想著她最後望向我的眼神，彷彿在說：「有緣，我們會再相見的。」

真的還能再相見嗎？畢竟，我們隔了一千三百年啊。

無論如何，我唯一能確定的是，我一點也不倒楣。有誰能像我這麼幸運，和全唐朝最善良的男孩，喔，不，全唐朝最善良的女孩，變成好朋友呢？

我在我容量不大的腦子裡掃瞄了一遍，還真的有——就是我那每天抱著電腦寫小說的老爸。他那本號稱要「把這二十年來看到的大大小小荒唐事」全寫出來的小說，終於完稿了。我們知道老爸寫完了，一開始很為他高興，萬萬沒想到，一本小說寫完了，並不代表抵達了終點，還得把它出版啊。

這下可好了，老爸的出版之路並不順遂，正如他的職場生涯一般，出版界在老爸眼中也充斥著「那個勢利鬼」、「那個討厭鬼」、「那個糊塗鬼」……他們真倒楣，只不過不想出版老爸那本滿腹牢騷的小說罷了，就被編派成「鬼」。偏偏，剛好有個新成立的出版社，相中了老爸的書，總編輯還親自來花蓮拜訪。我覺得奇怪，怎麼有人穿著西裝來花蓮度假？原來是來簽約的。根據那位總編輯的說法，這本書「用前所未有的喜劇手法，寫出臺灣人心裡說不出的苦」，還保證會用最高規格為這本書宣傳，希望「讓更多人讀到難得一見的好書」。

老媽倒是悠閒，一邊切水果，還一邊聽著她的愛團 Kings of Convenience，大概是覺得那位總編輯「言重了」，或者是……「嚴重了」。

然而人生總是超乎預期。我那幸運卻不自知的老爸，被譽為「曠世奇作」的長篇小說《邊邊》，不僅獲得評論家的一致好評，詭異的是，還登上了實體書店

和網路書店的排行榜，居高不下。一連十週之後，連媒體都開始報導「文學不死！高達夫現象探討」，或是「為邊緣發聲？《邊邊》發燒啟示錄」之類的。老媽忍不住跟我說，還好她不戴眼鏡，不然一直跌破眼鏡要重配也是挺花錢的。

成為暢銷作家後的老爸，除了展開他的下一本書的寫作，還受邀到臺灣各地演講，主題通常是「我在邊邊的日子」。我深深以為，這個題目我也能講，我還可以跟大家報告花爺爺和小木的故事哩！

不過，也得感謝老爸，由於一大筆版稅的意外收入，老媽終於能完成她環遊世界的夢想啦。老媽先是去了聖彼得堡，然後又去了伊斯坦堡，接著又去了冰島。每到一個新的城市，老媽似乎就「變成」那邊的人。像是她剛從聖彼得堡回來後，家裡一天到晚吃酸黃瓜和羅宋湯。去了伊斯坦堡後，老媽每天都埋首在帕慕克的長篇小說裡，還說這位得過諾貝爾文學獎的小說家，長得比老爸帥多了！去了冰島之後，家中一天到晚播放Sigur Rós的專輯，老媽最偏愛封面是胎兒的那張；她還剪了一個類似碧玉的髮型，實在很酷。如果電視冠軍比賽有旅行狂人這一項，我一定要幫老媽報名。瘋狂事蹟還包括她只要一出國，因

為太著迷旅行，就會忘記她是「老媽」跟「老婆」。

有一次，她在阿姆斯特丹機場轉機，巧遇曾經住過「邊邊」的客人。「咦，你不是『邊邊』的那位老闆娘嗎？」據說，當時正趕著登機的老媽，摘下耳機，彷彿想起了什麼似的，大喊：「啊，我忘記跟家裡打電話了！」

然後，她就一連串的對著那對曾經住過「邊邊」的情侶說：「拜託拜託，我現在只剩五分鐘趕去登機口，如果我打電話回家，他們又是半夜睡覺的時間；傳簡訊的話，我的打字速度又太慢，而且上了飛機就得關機。既然古人說：『馬上相逢無紙筆，憑君傳語報平安』，是否可以麻煩你們兩位，幫我發個簡訊給英雄，告訴他，我一切都好，很快就會再跟他們聯絡——」

「英雄？」那對情侶聽得一頭霧水，但老媽說完那串話只剩四分鐘了，於是他們也來不及細問，便抄下老媽給的電話號碼，答應一定會幫忙傳這通簡訊，老媽於是用僅剩的三分鐘飛奔去登機。

以上這些，是當我某天醒來，發現手機裡有一通陌生人傳來的簡訊時，才知道的複雜故事。

一天，剛遠行歸來不久的老媽，一邊把燻鮭魚夾進土司裡給我當早餐，一邊向我預告她接下來想去帕米爾高原。

我眼睛一亮，「那你也會去烏魯木齊和吐魯番窪地嗎？」

「咦，你對新疆的地理還滿有概念的嘛。」老媽也為自己做了一份鮭魚土司，畢竟她暫時還是個挪威人——在她走訪新疆，搖身變成維吾爾族之前。

「還可以啦。」我想了想，決定保守我曾經去過唐朝的祕密。保守一個，屬於我和小木之間的祕密。畢竟，老媽這麼熱愛旅行，我怕她會太羨慕我，居然不用花機票錢，就去到了天山！

老爸和老媽都不在的時候，一波叔叔來到「邊邊」幫忙。

雖然他還是帶來了我最愛的銅鑼燒，但是已經長高、變帥的我，不曉得為什麼，不太好意思像以前那樣緊緊擁抱他了，一波叔叔卻很堅持還是要「抱一個」。擁抱之後，他嘆了口氣，「彷彿昨天你還是個小朋友，一轉眼，就已經長大、變成小帥哥了啊。」

唉呀，一波叔叔說話永遠這麼中肯。我也就害羞的接受了我是「小帥哥」的說法，再怎麼說，總比當「小豬哥」好吧。

從前沒機會吃過，想不到一波叔叔的料理手藝很棒。「我在愛丁堡留學的時候，可是一次都要煮五人份的晚餐喔。」

我邊喝著好喝的蔬菜濃湯，邊驚訝的看著他，「你是去廚藝學校留學嗎？」

一波叔叔哈哈一笑，「因為我的室友有人會把馬鈴薯烤焦，有人則是不會分辨麵條到底煮熟了沒，我是相對來說，比較會煮的那個，他們就決定把錢交給我買菜，負責煮給他們吃。」

「太幸福了！」我咬了一口迷迭香烤雞，開始擔心：萬一以後都是一波叔叔煮飯，我那豐滿的身材，很快又會回來跟我復合了。

吃過晚餐，趁客人們都去鯉魚潭拜訪螢火蟲的空檔，我和一波叔叔坐在「邊邊」的門口，有一搭沒一搭的聊天，邊吃著花蓮自產的冰棒。

一波叔叔突然問：「英雄，你身邊的大人好像都怪怪的，像你老爸，老媽……還有我。你有沒有想過，以後要做一個怎樣的大人？」

我想，他是擔心，我會受到「負面教材」的影響吧。

不過，其實我覺得老爸雖然愛抱怨卻很認真執著；老媽雖然看似瘋狂卻充滿非比尋常的熱情；一波叔叔雖然不像一般人那樣朝九晚五的工作，卻在自己選擇的生活裡過得很快樂。

找到自己真正想要的，哪怕是別人眼中的「邊邊」，也不後悔，難道不是更重要的事嗎？我想了想，對一波叔叔說：「我覺得我有很多想法，也覺得自己有很多可能，我還不確定我想做一個怎樣的大人，因為，每一種，我都想試試看。」

沒對一波叔叔說出來的話是：「畢竟，我可是去過唐朝的！」在我心裡，也有一個神祕的「邊邊」，供我回憶，給我力量。

不練球的時候，放學後，我不馬上回家。我喜歡沿海岸線騎著單車，到港口邊一個我認為視野最棒的角落，靜靜等待黃昏過去，黑夜來臨。

這天的風有點大，黃昏的天空很美，一波叔叔交代我去公正街幫忙外帶一籠包子，當作客人隔天早餐的主食。我提著熱騰騰的包子回到「邊邊」，正好有一家人準備 check in，父母親帶著兩個孩子的背影。李叔叔正對他們介紹著環境，那個小男孩扔出手中的皮球，向我滾來。像是姊姊模樣的少女，拉住男孩：

「方方！不要亂跑。」

那個聲音，那個側臉，那麼熟悉，我有種快要無法呼吸的感覺。

我把球撿起來，向他們走去。

少女轉過身，並不接球，她的眼光越過我，望向不遠處只隔著幾條街的海岸，她的臉閃閃發亮，微微笑起來，讚嘆的說：「你看，落日——」

我知道，花蓮的海面上，其實是看不見夕陽的。

我沒有轉身張望，而是一瞬也不瞬的注視著她。

彷彿，在我身後，一枚渾圓又美麗的落日，正要降落。

【邊塞朗讀者】

〈逢入京使〉　岑參

故園東望路漫漫，雙袖龍鍾淚不乾。
馬上相逢無紙筆，憑君傳語報平安。

【現代翻譯機】

往西征行，頻頻回首望向故鄉，只感覺到那路途無比漫長。兩邊的袖子，已因為拭淚而沾漬，眼淚卻還是流個不停。突然，竟遇到從西域要回京都的使者，但彼此都騎著馬兒，無法好好停下來寫封家書，請他順道帶回。也只好請他捎個口信，告訴我的家人：別擔心，我一切都好。

【英雄啟示錄】

常有人想要提筆創作時，卻被困住：「我該寫什麼？」固然主題的挑選極為重要，然而，不可忽略的還包括：「怎麼寫？」如果沒有一個巧妙的說法、精準的詮釋，再好

的主題也可能被糟蹋。就像岑參在這首詩裡，寫的是一件看來很平凡的小事：出塞的途中，偶遇要返京的使者。他非常聰明的在前兩句詩中，先表達出西征的心情，既不捨又傷感。然而這份千頭萬緒，真正要整理為一封口信時，終究還是只能報個平安——畢竟，要讓家人知道自己心裡的憂煩而感到牽掛，似乎是更大的負擔。因此，看似口語質樸的兩句：「馬上相逢無紙筆，憑君傳語報平安」，其實背負著比眼淚更潮溼的深情。

附錄

詩人生平、其他詩作

盛唐時期，除了王維、孟浩然的「田園詩」，還有一類「邊塞詩」也很受矚目。最具代表性的邊塞詩人，就是高適與岑參，他們常被並稱為「高岑」。

高適（約七〇〇—七六五）

高適出生較早，從小家裡貧窮，卻很喜歡交朋友；不管是漁夫、樵夫、士兵、賭徒……等三教九流都有往來，頗有「遊俠」之氣。

二十歲時，他西遊長安，帶著天真的幻想，還有一點小小的自負，以為「書劍」已經學成，可以取得官位，一展抱負；結果失意而歸，客居梁宋，在友人的資助下，過著一邊種田、一邊釣魚，以養活自己的生活。

其實，高適一直希望自己能在政治上有所表現，先是前往東北邊疆，「願效縱橫謨」，卻一樣沒機會。他流浪了許多地方，結識了很多人，包括書法名家顏真卿、張旭，甚至還與李白、杜甫在宋州相識，一起旅行好幾個月。

直到五十歲那年，他才好不容易當上一個小官，沒想到，卻因為不想奉承那些剝削人民的高官，也不忍看見老百姓被鞭打凌辱，就把官位辭掉了。

所幸，他後來被哥舒翰看中，任命他為「掌書記」，有三年時間待在西北邊疆。安史之亂後，哥舒翰雖不幸戰敗，高適卻藉著「加強中央集權、統一軍事指揮」等建議，獲得新任皇帝賞識；後來雖然受到小人的讒言，但仕途還算順利。《舊唐書》甚至說：「有唐以來，詩人之達者，唯適而已。」

高適的邊塞詩不單寫奇異風景，多半關注於「人」。因此，像是從軍生活的辛苦、邊疆將領的荒唐行徑，都在他具有「古風」的詩作中呈現。不知道是否因為盛唐的時代氣氛，他的詩作，也常洋溢著奔放率直的氣息，就像他的個性。除了邊塞詩，高適還透過創作反映民生疾苦、諷喻時事，早期詩作也常抒發懷才不遇、壯志未酬的憂憤心情。他亦曾與杜甫、岑參和其他多位詩人一起登上長安的慈安寺大雁塔，並分別寫詩留念。

只是，當昔日的好友李白，在安史之亂中因為加入永王李璘的陣營而被捕下獄，和他變為敵對的位置，也許因為政治立場的不同，高適並未出手相救，這也成為後人經常思索、討論的事件。

岑參（約七一五——七六九）

詩人岑參有著不平凡的家世背景，他的曾祖父、伯祖父、堂伯父都曾擔任過宰相。然而當他出生時，早已家道中落。儘管如此，他仍憑藉著家學淵源，和與生俱來的聰明早慧，讀遍經史。二十歲那年，他先不透過科舉，希望用「獻書」的方式求仕，可惜沒有成功。但是三十歲這年，他就高中進士，獲得官職。可惜這無聊的小官，他覺得不甚理想，於是棄官出走，決定到邊塞的幕府裡求職——盛唐時期，很流行讀書人自己到邊疆找事做、尋求新的出路。

岑參兩度前往西北邊塞，而且他所去之處，比高適更加偏遠，大約位於現今新疆的天山南北。第一次，他在高仙芝的幕府裡當「掌書記」；第二次，則任封常清幕府的「節度判官」。這樣的軍旅生涯，為他的詩作激發出意想不到的高峰。他用詩意的鏡頭、飽滿的情感，為我們攝錄了一千三百年前，塞外的地理景色與離人之苦。出了「陽關」的岑參，想必也對沙漠、火山、嚴雪、雪蓮花、邊地音樂、少數民族發生極大的興趣，又加上他在寫詩時，總是追求奇特瑰麗

的美感——異域自然的美加上文字險僻的美，對於當時或後代的讀者來說，都創造了視覺上的震撼。和高適很不相同的是，岑參很少關心民生疾苦，也沒有什麼雄才大略，反而透過他真實的邊疆生活體驗，寫出那些奇特新穎的事物，將詩歌藝術推到一個新的境界。

岑參第一次出塞時，官職比較小，又加上想家，佳作其實不多。第二次出塞的時機甚佳，除了升官、適應當地生活，當時戰事穩定，常有小勝利，讓他情緒特別高昂，也寫出了更多令人稱奇的邊塞詩。

只可惜安史之亂後，經由杜甫等人的建議，他雖得以回到朝廷，擔任一名「諫官」，卻太喜歡說真話、提意見，不受皇帝重用，而輾轉於幾個不大不小的官職，他自己也顯得有些意興闌珊，最後病逝於成都。

高適和岑參，雖然以「邊塞詩」聞名，但其實他們也創作過許多其他的題材：山水、贈答、懷古……只不過，他們前前後後穿踏過東北與西北邊疆的足跡，封印在一首首或古樸、或奇美的詩歌裡，見證了盛唐獨有的輝煌。

〈首秋輪臺〉　岑參

異域陰山外，孤城雪海邊。秋來唯有雁，夏盡不聞蟬。
雨拂氈牆溼，風搖毳幕羶。輪臺萬里地，無事歷三年。

【語譯】

身處在西域天山之畔、廣浩的沙漠邊，就是這座名為「輪臺」的孤城。剛過農曆七月就已荒涼早寒，雁兒南飛；夏日方盡，連蟬聲都止息了。寒雨拂打著蒙古包的氈牆，將它沾了一片溼；風聲搖晃氈帳，發出陣陣腥氣。在這距離故鄉萬里之外的地方，軍中無事，我已度過了三個年頭。

· · · · ·

〈經火山〉　岑參

火山今始見，突兀蒲昌東。赤焰燒虜雲，炎氛蒸塞空。
不知陰陽炭，何獨燃此中？我來嚴冬時，山下多炎風，
人馬盡汗流，孰知造化功！

【語譯】

久聞火焰山大名，如今終於親眼看見。它就高高的矗立在蒲昌縣東。豔紅色的火焰彷彿在燃燒著西域的雲朵，灼熱的空氣蒸烤著塞外的天空。不知道為什麼，這種冶鑄萬物的陰陽炭，獨獨在這裡密燃著？我初抵此地時，雖是嚴冬，經過山下仍可感覺到一陣陣的熱。不管是人或馬，都汗流不止。上天創造萬物，可說是無比的神奇奧妙。

······

〈赴北庭度隴思家〉　岑參

西向輪臺萬里餘，也知鄉信日應疏。
隴山鸚鵡能言語，為報家中數寄書。

【語譯】

一路西行，來到輪臺，離故鄉已有萬里之遙。也該知道，不該再頻頻盼望來自親人的消息。聽說隴山的鸚鵡不僅美麗，還能模仿說出人的話語，要是能託牠們，告訴家人，多寫些信給我，該有多好。

〈白雪歌送武判官歸京〉 岑參

北風捲地白草折，胡天八月即飛雪；
忽如一夜春風來，千樹萬樹梨花開。
散入珠簾溼羅幕，狐裘不暖錦衾薄；
將軍角弓不得控，都護鐵衣冷難著。
瀚海闌干百丈冰，愁雲慘淡萬里凝。
中軍置酒飲歸客，胡琴琵琶與羌笛。
紛紛暮雪下轅門，風掣紅旗凍不翻。
輪臺東門送君去，去時雪滿天山路。
山迴路轉不見君，雪上空留馬行處。

【語譯】

強勁的北風席捲而來，連強韌的白草也無法抵抗。邊疆地帶，只不過八月，就已經雪花紛飛。一夜大雪之後，白色的雪花覆蓋在樹上，那畫面竟像春風拂來，將千萬

株梨花同時吹綻。雪花偶爾也會飄入珠簾，打溼帳幕。就算是穿上狐狸皮裘所製的衣物、蓋上錦緞被子，仍感覺到無所不在的嚴寒。將軍的手，凍僵了無法拉弓；都護的鎧甲因為過於冰冷，無法立刻就穿上身。堅冰交錯，蓋滿無邊的沙漠；密雲昏暗，布滿萬里天空。

主帥在帳幕中設酒宴送別，旁邊有著胡琴、琵琶和羌笛演奏的樂音。告別之際，從營帳中出來，大雪紛飛，強烈的北風竟也無法使轅門前凍凝的紅旗翻動。在輪臺城的東門，目送著你離去。茫茫的天山路都被落雪給覆蓋住了。山迴路轉，你的背影漸漸不能望見，雪地上頭，只留下馬蹄的痕跡。

〈送崔子還京〉　岑參

匹馬西從天外歸，揚鞭只共鳥爭飛。
送君九月交河北，雪裡題詩淚滿衣。

【語譯】

單騎一馬，從西域沙漠之中，將要歸返故土。揚起手中的馬鞭，一心疾行，彷彿與鳥兒競爭著速度。九月時節，我在交河城北方，送你離開。心中不捨又羨慕——當我在雪中題完這首詩，發現淚水早已沾溼衣袖。

……

〈趙將軍歌〉 岑參

九月天山風似刀，城南獵馬縮寒毛。
將軍縱博場場勝，賭得單于貂鼠袍。

【語譯】

九月的天山早寒，冷風如刀刺骨，在城南參與出獵的馬兒也都豎起了寒毛。趙將軍身手非凡，參與騎射、勇力搏鬥，場場勝利，甚至還從少數民族首領的手中，贏得珍貴的貂皮袍子。

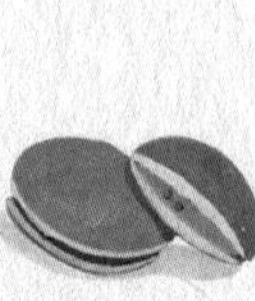

〈登涼州尹臺寺〉　岑參

胡地三月半，梨花今始開。
因從老僧飯，更上夫人臺。
清唱雲不去，彈弦風颯來。
應須一倒載，還似山公回。

【語譯】

邊塞的春天較遲，已經三月半了，梨花才盛開。我先往老僧處用過了飯，才登上夫人臺欣賞風景。因為席上美好的歌聲，留住了雲的腳步；而琴聲一罷，便有涼爽的風吹至。來到尹臺寺遊樂，應該像晉朝的山簡一樣，喝個大醉，酩酊而歸。

〈日沒賀延磧作〉 岑參

沙上見日出，沙上見日沒。
悔向萬里來，功名是何物？

【語譯】

本想在邊疆有所作為，卻想望破滅，只好東返。然而，在廣袤無邊的沙漠上，太陽升起了，太陽落下了，長路依然漫漫。忽然有那麼一瞬間，心頭確實浮現了悔意：為何要離家千萬里，只為了求取世人眼中的浮名？

……

〈和張僕射塞下曲〉六首其三　盧綸

月黑雁飛高，單于夜遁逃；
欲將輕騎逐，大雪滿弓刀。

【語譯】

沒有月亮的夜晚，雁兒被驚飛而起，單于想趁著黑夜的掩護悄悄逃離，將士們正打算策馬追擊，剎那間，大雪卻已落滿殺意逼臨的弓刀。

……

〈從軍北征〉 李益

天山雪後海風寒，橫笛偏吹行路難。

磧裡征人三十萬，一時回首月中看。

【語譯】

天山下了一場大雪，如海般廣闊的沙漠，刮起徹骨的寒風。行軍途中，戰士們紛紛演奏起那首叫做〈行路難〉的感傷笛曲。沙漠中的征軍無數，就像有三十萬人那般壯觀。不知為了什麼，他們卻忽然都回過頭來，一齊望向高掛夜空中的那個月亮。

張曼娟學堂系列 015

張曼娟唐詩學堂：
邊邊（邊塞詩）

策　　劃｜張曼娟
作　　者｜孫梓評
繪　　者｜蘇力卡

責任編輯｜李幼婷
編輯協力｜張文婷、劉握瑜
特約編輯｜蔡珮瑤
視覺設計｜霧室
行銷企劃｜陳雅婷

天下雜誌群創辦人｜殷允芃
董事長兼執行長｜何琦瑜
兒童產品事業群
副總經理｜林彥傑
總監｜林欣靜
版權專員｜何晨瑋、黃微真

出版者｜親子天下股份有限公司
地址｜臺北市 104 建國北路一段 96 號 4 樓
電話｜（02）2509-2800　傳真｜（02）2509-2462
網址｜ www.parenting.com.tw
讀者服務專線｜（02）2662-0332 週一～週五：09:00~17:30
讀者服務傳真｜（02）2662-6048
客服信箱｜ bill@cw.com.tw
法律顧問｜台英國際商務法律事務所 · 羅明通律師
製版印刷｜中原造像股份有限公司
總經銷｜大和圖書有限公司 電話：（02）8990-2588

出版日期｜ 2017 年 7 月第一版第一次印行
2021 年 12 月第一版第六次印行
定　　價｜ 320 元
書　　號｜ BKKNA015P
ＩＳＢＮ｜ 978-986-94959-7-4（平裝）

訂購服務
親子天下 Shopping ｜ shopping.parenting.com.tw
海外 · 大量訂購｜ parenting@cw.com.tw
書香花園｜臺北市建國北路二段 6 巷 11 號　電話（02）2506-1635
劃撥帳號｜ 50331356 親子天下股份有限公司

國家圖書館出版品預行編目 (CIP) 資料

邊邊：邊塞詩 / 孫梓評撰寫；蘇力卡繪圖.
-- 第一版. -- 臺北市：親子天下, 2017.07
208面；17×22公分. -- (張曼娟唐詩學堂；3) (張曼娟學堂系列；15)
ISBN 978-986-94959-7-4(平裝)
859.6　　106009159